跬步集

西南大学文学院"博雅班"学生文集

第一辑

王本朝　胡建军 / 主编
张春泉　邓洪波　刘志华 / 副主编

西南师范大学出版社
国家一级出版社　全国百佳图书出版单位

图书在版编目（CIP）数据

跬步集：西南大学文学院"博雅班"学生文集. 第一辑 / 王本朝，胡建军主编. — 重庆：西南师范大学出版社，2021.9
  ISBN 978-7-5697-0454-9

Ⅰ. ①跬… Ⅱ. ①王… ②胡… Ⅲ. ①中国文学－当代文学－作品综合集②汉语－语言学－文集③中国文学－文学研究－文集 Ⅳ. ① I217.1 ② H1-53 ③ I206-53

中国版本图书馆 CIP 数据核字（2021）第 171197 号

跬步集：西南大学文学院"博雅班"学生文集 第一辑
KUIBU JI: XINAN DAXUE WENXUEYUAN "BOYA BAN" XUESHENG WENJI DI-YIJI

王本朝　胡建军　主编
张春泉　邓洪波　刘志华　副主编

责任编辑：	何雨婷
责任校对：	王玉竹
装帧设计：	闰江文化
排　　版：	瞿　勤
出版发行：	西南师范大学出版社
	地址：重庆市北碚区天生路 2 号
	邮编：400715　市场营销部电话：023-68868624
经　　销：	新华书店
印　　刷：	重庆市正前方彩色印刷有限公司
成品幅面尺寸：	148mm×210mm
印　　张：	7.5
字　　数：	200 千字
版　　次：	2021 年 9 月　第 1 版
印　　次：	2021 年 9 月　第 1 次印刷
书　　号：	ISBN 978-7-5697-0454-9
定　　价：	68.00 元

前言
PREFACE

2018年6月,西南大学文学院组建了首届创新实验班(博雅班)。这批学生是从文学院中国语言文学类120名学生中选拔的,⋯⋯名。每名学生均配有导师,导师主要指导学生的学业,包括引导学生走进专业、引领阅读、研讨问题、批阅学生文章等日常学术互动。一年来,该班学生在学业上精警奋进,收获颇丰。

本书收集了该班学生一两年来的代表性习作,包括文学作品和学术论文。

本文集所收的文学作品包括散文、诗歌、小说等文体,学术论文涉及中国语言文学的多个领域。这些作品或许还有些稚嫩,但不积跬步无以至千里。我们温暖注目学生们昂首阔步的明天。

目录
CONTENTS

前　言

第一篇　文学作品

一、读书札记

溺死在存在的荒原

　　——《水中的死亡》存在主义解读 /002

两本书，一个人

　　——读《旧唐书》《新唐书》中《李白传》感 /010

乐达潇然，性灵闲适

　　——谈《苏东坡传》中文学形象及文化交流 /014

二、散文

童年的谎言

　　——晚期资本主义文化的一种症候 /019

一路静默，一生风华

　　——写给沈从文的纪念 /022

关于我在泰国度过的十九岁末尾和二十岁伊始 /026

三、诗歌

小河 /029

蒲公英 /031

犬儒 /033

四、小说

高考之外 /035

那个阿栀死了 /041

第二篇　学术论文

一、中国现当代文学研究

试论沈从文作品中的"粗话" /046

《丰乳肥臀》的母性建构与主体遮蔽 /059

论沈从文《边城》创作中的文学"张力" /070

《小坡的生日》新释 /077

"对"的世界崩塌与重构的现代隐喻

——张爱玲《红玫瑰与白玫瑰》的主题阐释 /086

从双线结构解读《生死疲劳》

——轮回线、时间线的运用 /097

郭敬明小说中的上海书写 /103

沈从文乡土小说中的"先锋"意识 /113

论王安忆笔下的母亲形象

——以《长恨歌》与《桃之夭夭》为例 /120

翠翠的孤独

——析《边城》的主题 /129

二、中国古代文学研究

《红楼梦》里的灰色人群

——《红楼梦》中嬷嬷形象价值分析 /139

西厢记"赖简"新考 /148

质本洁来还洁去

——论"黛玉葬花"的创作艺术 /158

三、语言学研究

《左传》数量词探析 /167

四、外国文学研究

《哈姆雷特》的女性主义解读 /176

精神分析批评视角下的《1984》/184

《威尼斯商人》中的同性恋情探讨 /191

中日文学中的叙梦现象研究 /198

论《潮骚》中三岛由纪夫的美学式方程 /219

后　记

第一篇 文学作品

读书札记

溺死在存在的荒原
——《水中的死亡》存在主义解读

周孝文

西南大学文学院

DEATH BY WATER

T. S. Eliot

Phlebas the Phoenician, a fortnight dead,
Forgot the cry of gulls, and the deep sea swell
And the profit and loss.
A current under sea
Picked his bones in whispers. As he rose and fell
He passed the stages of his age and youth
Entering the whirlpool.
Gentile or Jew
O you who turn the wheel and look to windward,

Consider Phlebas, who was once handsome and tall as you.

水中的死亡

T. S. 艾略特

周孝文 译

弗莱巴斯,那个腓尼基人,死去已整十四天,

忘却了群鸥如何鸣咽,深海曾涌波涛

以及利润与亏损。

海面下一股潮涌

低语中是在剔尽他的尸骸。在他浮上沉下时

他穿自己的老年与青春而过

进入漩涡。

异教徒或犹太人

当你手握舵轮,眼眺风行,

想想弗莱巴斯吧,那人曾高大英俊和你一样。

  我们先来看看作者艾略特和本诗的背景。关于艾略特,我不想在他的生平上徒费口舌,就让我们看看他对自己的评价吧。他认为自己在政治上是保皇党,宗教上是天主教徒,文学上是古典主义者。很显然,他的立场是十分保守的,从他倡导回归古典、从美国移民英国等举动我们也不难发觉这位象征主义大师的一贯个性。他最为脍炙人口的《荒原》发表于1922年,当时一战刚刚结束,西方社会失去了对上帝的信仰,传统的价值观逐渐衰败,新的价值观还未建立,人们对社会绝望。作为一个保守主义者,艾略特当然不能坐视不

管,于是《荒原》横空出世了。他对当时社会的态度在创作《荒原》动机的阐释里就很明显了:"对我而言,它仅仅是个人的、完全无足轻重的对生活不满的发泄;它通篇只是有节奏的牢骚。"[1]可以说,《荒原》正是艾略特在现代与后现代的边界上对现代性的深刻反思,而本次摘选的《荒原》第四部分虽然只有短短10行,却被认为是整首诗中最晦涩、最绝望的一节,足以抵得上但丁的《炼狱》。

我将尝试着具体解读一下这一章节的主题。仔细阅读这部分,我们不难体察到艾略特凝视战后欧洲文明的绝望,"水"作为贯穿《荒原》全诗的最重要的意象之一兼具"创造—毁灭—重生"三层意蕴,而在第四章"水中的死亡"中,"水"作为死亡的象征义达到了高潮。在西方,"大洪水"象征着绝对的破坏与死亡,是人类命运的主宰者,而在"水中的死亡"里,海洋对弗莱巴斯也拥有着如此的掌控力。腓尼基人弗莱巴斯终其一生都在追逐着海面上的利润,在海洋上获利的同时也在喜怒无常的海洋上寻求平衡,直至最终葬身海底。弗莱巴斯与海洋的关系可以让我们很自然地联想到人类与现代性的关系。弗莱巴斯既是一个具体的人物,也是一个意象,这点在最后一句体现得尤为明显。在这里,弗莱巴斯是作为一个曾高大英俊的参照物而介入异教徒和犹太人中的,他的死亡本身成为命运的无常与荒诞的象征。在荒诞与虚无主题的统摄之下,弗莱巴斯与其说是一个主体,倒不如说是一个被主视角注视的"他者"。艾略特有意模糊了价值判断,将弗莱巴斯的死当作一个客观事实和人类的普遍宿命来写。这首诗不是一首表现太阳神精神的希腊肃剧,弗莱巴斯也不是个悲剧英雄,而是类似于《等待戈多》和《局外人》中主角

---

[1] David Perkins. *A History of Modern Poetry* (Boston: Harvard University Press, 1976), p.496.

的一个在荒原上迷失的现代人的投影。弗莱巴斯的死亡不是具体的、个体的死亡,而是现代社会人类精神的堕落。溺死这个意象在西方有着不得转生的含义,而无论腓尼基人、异教徒或犹太人这些身份都是前基督教时代的暗示,一种对西方社会去宗教化的隐喻,所以作为一个文化上的保守主义者,艾略特通过弗莱巴斯之死隐含了对抛弃宗教精神的欧洲文明的悲观态度。

我们再分析一下这几句诗的结构,从弗莱巴斯作为一个个体的角度看看这首诗。如果让我形容一下这首诗的修辞方式,我会用"漩涡式的"这个词。在简短的篇幅里,艾略特几乎在每个句子里都在不停转换时态与视角,在海平面之上的生者世界和海平面之下的死者世界之间急剧转换,让读者在经历弗莱巴斯的死亡体验的同时也尝到窒息的滋味。首句"弗莱巴斯,那个腓尼基人,死去已整十四天",以十四天这个时间联系起了过去与现在以及弗莱巴斯的生与死;接下来的"忘却"一句则又将时间从现在回拨到过去弗莱巴斯活着的时候,同时将海鸥的鸣咽、深海的波涛这些诗意的物征与生意上的利润亏损并置,象征了纠缠人类的灵与肉的冲突在死亡面前殊途同归,一同泯灭。次句以"海面下一股潮涌"打断了弗莱巴斯的过去,将时间拉回现在,然而很快就通过"浮上沉下"再次将镜头拉向弗莱巴斯的过去,从老年到青春时代;"进入漩涡"是个短暂的转折,将视角拉回海面下的死亡世界,但旋即便转向海面上还活着的人们——异教徒或犹太人,他们实际上也是弗莱巴斯在人间留下的影子,注定要步那腓尼基人的后尘。最后一个长句子如同长镜头一般将镜头从"手握舵轮,眼眺风行"的生者慢慢移向海底仅剩的尸骸,迈向虚无的弗莱巴斯。"和你一样"几个字像诅咒和预言一样预示了异教徒或犹太人,事实上是所有人的宿命,无论生前有着怎样的经历与生涯,都将像弗莱巴斯一样,死于水中。这就抛给我们一个巨大的疑问,既然人生如此荒诞,那么它又有什么意义?我们应该怎样面对自己的人生?当然,这不是《荒原》的结局。在《荒原》后面的部分,艾略特重启了"水"这一意象拥有的重生含义,以彰显他引入经典重塑欧洲文明的理想。但我们不妨继续深入被剥离出来的这部分文本,继续深入"水中的死亡"所描绘的荒诞世界。在这部分文字里,其实很有存在主义的味道。当然,艾略特本人肯定不是一个存在主义者,而且他的思想与存在主义相去甚远。但无论尼采、克尔凯郭尔和胡塞尔这样对存在主义思想起了巨大影响的思想家还是卡夫卡、陀思妥耶夫斯基这样存在主义气息浓厚的作家也都不能被视为完全的存在主义者,而这并不妨碍我们从存在主义的角度解读和接受他们的思想和作品。接下来我将试图通过三个古希腊的故事来进一步阐释"水中的死亡"所展现的那个荒诞的世界,回应它抛给我们的关于人生意义的难题。第一个故事是达摩克利斯之剑。

达摩克利斯是公元前4世纪意大利叙拉古的僭主狄奥尼修斯二世的朝臣,他非常喜欢奉承狄奥尼修斯。他曾说道:"作为一个拥有权力和威信的伟人,狄奥尼修斯实在很幸运。"狄奥尼修斯提议与他交换一天的身份,那他就可以尝试做首领。在晚间举行的宴会上,达摩克利斯非常享受被美食与美女簇拥的感觉,沉溺在感官的享乐中。突然之间,他抬头才注意到王位上方仅用一根马鬃悬挂着利剑。他立即失去了对美食和美女的兴趣,并请求僭主放过他,他再也不想得到这样的幸运。我们可以看到,将感官的娱乐视为最高追求的达摩克利斯在面对与他仅隔了一根马鬃的死亡时,他所追求的人生便顷刻崩塌,荡然无存。在这样一种盲从于欲望的伊壁鸠鲁式的快乐主义人生观里,是无法安放死亡这个庞然大物的。死亡的存在可以轻松地抹去这些追求物质欢愉者的人生价值,所以公元前3世纪的极端快乐主义哲学家赫格西斯才认为,如果一个人生命中痛苦的总量超过快乐的总量是应当选择自杀的。这就是追求极端的物质快感的后果,被欲望束缚的人生就是对人生的否定。那么,让我们进入下一个故事吧。接下来这个故事是伊卡洛斯的坠落。

古希腊著名的发明家代达罗斯和他的儿子伊卡洛斯曾被克里特国王困在米洛斯岛的迷宫里。为了逃出生天,代达罗斯收集散落的羽毛并用蜡将它们黏合在一起,为自己和儿子做了两对翅膀。父子俩借着这人造翅膀飞上天空。尽管之前父亲已经警告过伊卡洛斯不要靠近太阳,以免让翅膀上的蜡融化,但飞到空中的伊卡洛斯面对常人触不可及的太阳时,一股超人般的感召力促使着伊卡洛斯不顾一切地向太阳飞去。然而,这伟大的冒险却让他付出了生命的代价——阳光融化了蜡,在四散纷飞的羽毛簇拥下,伊卡洛斯绝望地坠入了大海。彼得·勃鲁盖尔画了一幅《有伊卡洛斯坠落的风景》,而威廉·卡洛斯·威廉姆斯写了一首同名诗歌:"勃鲁盖尔说/伊卡洛斯坠落时正是春季/农夫在犁地/万物复苏/美景如画/在孤芳自赏的大海边缘/农夫挥汗/烈日将蜡翼融化海岸附近/隐约传来溅水声/无人知晓/伊卡洛斯溺水而亡。"正像这首诗里说的那样,即便伊卡洛斯是不顾生命危险去追逐太阳的第一人,但就死亡本身而言,这只能是他自己的事,而其他人注定只能是旁观者。在勃鲁盖尔的画中,犁地的人最大,远航的船次大,伊卡洛斯只有两条又小又弱又徒劳的腿。若不是刻意去找,完全看不见挣扎的伊卡洛斯。这才是真实的世界,伊卡洛斯飞向太阳的壮举和他的死亡一样,都像没有发生过一样。死亡永远只是一个人自己的死亡,我们可以联想到许多像伊卡洛斯一样为了太阳那样崇高的价值追求而义无反顾放弃生命的人,但他们失去生命之后,人生的一切意义都与他们无关了。就像伊卡洛斯一样,他们只能在他人的眼中作为一种景观而存在,无论他人怎样评价,他们的主体性都因为他们对于所谓"崇高"与"伟大"武断的盲从而消失了。在向太阳神阿波罗献祭的仪式中,伊卡洛斯放弃了人生的价值。最后一个故事是西西弗斯的巨石。

由于欺骗了众神,西西弗斯被判逐到地狱边界。在那里,他每天要把一块儿沉重的大石头推到非常陡的山上,然后再眼看着这块儿大石头滚到山脚下。西西弗斯要永远地、没有任何希望地重复着这个毫无意义的动作。乍看来,西西弗斯的人生是荒诞的,无意义的,痛苦与难以忍受的,既没有眼前的欢愉缓解人生的苦闷,也没有崇高的理想指引人生的方向,但在加缪看来,西西弗斯的人生是幸福的,他将西西弗斯称为"荒诞英雄"。加缪是如何论证他的观点的呢?他认为世俗价值都是经不起推敲的,无论是酒神式的无止境的狂欢还是太阳神式的宏大仪式,都不能承载人生的意义,推敲下去都是一片可怕的虚无。你越是想寻找意义就越是痛苦,所以人们只能有两个选择——肉体自杀或哲学自杀。顾名思义,肉体自杀就是主动放弃自己的生命,而哲学自杀则更普遍。事实上,世上的大部分人都选择了哲学自杀——放弃思考生与死,思考人生的意义,逃避到世俗主义无限制的享乐或外部世界宏大叙事的蛊惑中去。这是残酷的,但就像加缪所说的"荒诞正是清醒的理性对其局限的确认",只有在认识了人生荒诞性的基础上,我们才不是表象世界的附庸而是自己的主人。因此,加缪才认为生活在荒诞中的西西弗斯是幸福的,他可以基于自己的存在做出选择以反抗荒诞,这也是存在主义的要旨。

是的，人生是没有意义的，就像西西弗斯的巨石一样，但我们，也只有我们可以赋予它意义，属于我们的巨石可以是智慧、爱情、人类的解放或一切东西。只要在荒诞之上通过不断的选择确定自我，我们就能反抗绝望，这也是萨特为什么说存在主义是一种人道主义。回到"水中的死亡"的文本，在海平面上的生者世界和海平面下的死者世界之间，我们必须认识到人生荒诞的本质，不去回避我们终将走上弗莱巴斯的死亡之路的事实，而是勇敢地面对它。我们丧失存在的意义的同时，得到的却是选择的自由。只有基于我们的自由意志进行选择，我们才能真正成为自己的主人，而不是物欲或崇高的奴隶。

两本书，一个人
——读《旧唐书》《新唐书》中《李白传》感

张一帆

西南大学文学院

无从下笔——是我的第一感受。

李白他老人家本身就是一个谜，他的生平，他的家室，他的流放，他的死亡……到今天也说不清，道不明。《新唐书》与《旧唐书》又像是一对拌嘴的兄弟，有共通之处，也免不了在一些关键问题上有掐架干仗之嫌。一个谜，一对矛盾，再加上"时间"这剂特殊的调料——如果这剂调料再一不小心放多了，倒进去一千多年的剂量，把这些东西搅拌在一起，那就是一堆糨糊。但这可不是一堆令人生厌的糨糊，它是一堆令无数的文学家、史学家都想扒拉扒拉的"臭豆腐"。

起初，我便是带着一种完成作业式的心态去看这两篇《李白传》的，两篇加起来也不过千余字，但过程并不像我想的那般简单。除了《李白传》，我还顺带看了几篇关于李白生平的考究，几篇关于史料来源的论文,还有几篇关于李白风流野史的文章,俨然要把自己变成"杂家之李白研究集大成者"。

如果要比较两篇《李白传》中的不同,还得先比较一下《旧唐书》与《新唐书》"硬件"上的不同。简而言之,新旧唐书的时间和作者不同。《旧唐书》成书于后晋开运二年(945年),由五代十国后晋刘昫、张昭远等人编撰完成,共200卷,包括《本纪》20卷、《志》30卷、《列传》150卷。《新唐书》成书于宋仁宗嘉祐五年(1060年),由北宋宋祁、欧阳修等人合撰,共225卷,其中包括《本纪》10卷、《志》50卷、《表》15卷、《列传》150卷。

大致而必要的铺垫做好,我们就来看看两篇《李白传》的不同。

首先,是传记的时间线长短不同。《旧唐书》中的《李白传》共404个字,《新唐书》中的《李白传》则有766个字,字数多出近一倍。相较于旧传,新传除了细节描写增多,还添加了对李白前辈后世的叙述。旧传的时间线只包括李白从出生到去世的几十年;而新传则起于"兴圣皇帝九世孙。其先隋末以罪徙西域,神龙初,循还……",止于"及卒……访后裔……",把李白祖先的来历、后辈的生活都写得明明白白,给这支李氏家族的兴衰始末画上一个圆满的句号。

其次,在展示李白个人信息方面(包括他的名字、喜好、生平等),新传要做得更加完善一些。对于李白名字的由来旧传只字未提,而新传中则写道:"白之生,母梦长庚星,因以命之。"虽不知真假,但好歹也详细许多。在对少年李白的性情描写中,旧传一笔带过:"少有逸才,志气宏放,飘然有超世之心。"新传则是:"十岁通诗书……然喜纵横术,击剑,为任侠,轻财重施……"甚至为了印证叙述之真而引用苏颋之语:"是子天才英特,少益以学,可比相如。"新旧两传对人物信息的描写详略不同,造成的结果就是通过阅读旧传,我们可以知道李白其人;通过阅读新传,我们可以知道李白其人怎样。

再次,在叙事的细节方面,新传要更加生动具体一些。在玄宗召醉酒的李白写诗这件事上,新传把什么亭(沉香亭)、李白的诗是如何好(婉丽精切无留思)、皇帝是多么喜欢他(数宴见)描写得绘声绘色。在被权贵所厌弃时,旧传只一句"引足令高力士脱靴,由是斥去",而新传则言:"醉,使高力士脱靴,力士素贵,耻之,摘其诗以激杨贵妃,帝欲官白,妃辄沮止。"不仅揪出一个杨贵妃,还把"由是"的经过详细完整记述。除此之外,旧传只写了李白受永王牵连入狱,却没有写他因为永王造反而主动逃跑;旧传只写了李白"遇赦",却没有写他曾有恩于郭子仪而被其报恩所赦……不论是具体经过,还是前因后果,新传在细节方面的处理上都近乎完整地把李白的形象刻画出来,对于我们了解李白其人有很重要的参考价值。

最后,也是最重要的,千年来一直争执不下的——李白的出生地问题。旧传说李白是"山东"人,新传却说是"巴西"人(在后世甚至又有了碎叶人说、哈密人说、长安人说等),这一争便是千年的笔墨官司。当然,我觉得李贽的一段话可以为整个争论包圆:"一个李白,生时无所容入,死而千百余年,慕而争者无时而已。余谓李白无时不是其生之年,无处不是其生之地。亦是天上星,亦是地上英,亦是巴西人,亦是陇西人,亦是山东人,亦是会稽人,亦是浔阳人,亦是夜郎人。死之处亦荣,生之处亦荣,流之处亦荣,囚之处亦荣,不游不囚不流不到之处,读其书,见其人,亦荣亦荣,莫争莫争!"

如此看来,新旧两传中对李白的叙述详略不同甚至还有相抵触的地方,那为何不以其中一个为范本?从宋至明其实都在以《新唐书》为准,清朝官方才将《旧唐书》也列为正史。二者相抵触的地方多之又多,甚至《旧唐书》中就有自相矛盾的地方,可是《旧唐书》年代近,《新唐书》资料全,二者互相补充,谁也不能完全压倒谁。

单看《李白传》,二者的叙述差异也是有原因的。当然,并不排除我的主观臆测。

就细节而言,新传比旧传详备太多。首先,单从史料引据来看,清人说《旧唐书》是"前半全用实录、国史旧本"。至于德宗以后,因为国家动乱的原因,可引史料则是匮乏至极,而且不到十载就能完成一部前朝实录,可想其速度之快与细节处理不足。反看《新唐书》,则引用了《唐书备阙记》《唐典》《大唐宰辅录》《唐录政要》《唐朝纲领图》……就像写论文一般。旧传无资料可寻,编纂史书又不允许天马行空地想象,有一说一有二说二,自然字数与细节上都无法到达一定高度。新传则正好相反,内容不充分情何以堪?

当然,新传详备的原因还不止于此。因为不是所有传记都像《李白传》一样得以扩充。宋人在编撰《新唐书》的时候是向古书看齐的,采用的是春秋笔法,在《旧唐书》的基础上对相当多的人物传记进行删减。在删减的大背景下,李白的传记却不删反增,私以为其原因是编书者的个人意愿与李白在后世影响力逐渐扩大而造成的。虽说李白不像杜甫,在世的时候就已经赫赫有名了,但是随着时间推移与后人对其作品的研究,李白的地位比起他生前应该是上升了无数个梯度。而且,作为编书人之一的欧阳修很喜欢李白,对于"偶像"的描写当然要浓墨重彩。

综上种种,我们都可以看出《新唐书》与《旧唐书》中对于李白描写的一些区别。不论是已经证实的,还是依然在猜测的,这些历史事件就像火锅中翻滚的牛肚一样若隐若现,令人心生向往,欲罢不能。

乐达潇然，性灵闲适
——谈《苏东坡传》中文学形象及文化交流

石思媛

西南大学文学院

"是气也……其必有不依形而立，不恃力而行，不待生而存，不随死而亡矣。故在天为星辰，在地为河岳，幽则为鬼神，而明则复为人。此理之常，无足怪者。"林语堂先生所引《潮州韩文公庙碑》一言，即对苏东坡一生的完满注脚。

"小舟从此逝，江海寄余生。"苏轼流传的诗词作品以一种"真纯"的品格带给读者以设身处地之感。斯人已逝，但在林语堂的笔下以一种真实亦不失想象的模样出现在读者面前。同时，在这部传记作品中，作者以苏轼所倡导的"行云流水"的写法，通过记述、描绘东坡的生平，将自己对这位名士的钦佩、叹惋与惺惺相惜之情表达得淋漓尽致，使全文"文理自然，姿态横生"，给予我莫大的启迪。

笔者尝以"八面受敌"之法试览全文，简要勾勒出东坡的两面——一是乐观，二为潇洒。

其一是乐观。蒋勋在《生活十讲》中写道："文学有助于生命态度的建立……是站在别人角度理解世界的最好的方式。"此言置于此中肯而又恰当。对于这样一个漫漫长河中存在的而不是小说中虚构的人物，我们更能够通过作品与史实的双重证据来获取人生的有益启示。

《苏东坡传》中曾有言，"行云流水"之法，即"行于所当行，止于不可不止"。当东坡经"乌台诗案"之时，"这回断送老头皮"的笑语勾勒出了他乐观的人生态度，他就是如此迷人，总把逆境当顺境。你四海放逐我，我便云游四海，四海为家，哪怕被贬至蛮荒之地的岭南，也能吟诵出"日啖荔枝三百颗"。苏轼绝不是一个无瑕的、完全合乎儒家伦理的人，却是一个果敢的、不畏牺牲的人。在那段泥泞的路上，抱有乐观前进的精神，这种乐观带来了一种解脱，使他的笔触变得光辉温暖，透彻深入。

其二是潇洒。生长于眉山的青绿山水间，这样的环境本就是造就这样性格的好地方。四川人大多豪放洒脱，东坡与生俱来的性格便在这样得天独厚的环境中得到了完完全全的释放。

就《苏东坡传》这一作品来看，潇洒在此并不指狭义的洒脱不羁，超逸绝俗，更是一种处世哲学，是正确看待事物的方式。其在书中，在人品格里的体现即东坡在不同时期受儒释道三家影响后的思辨。大体类于儒家精神的白衣飘飘，"浴乎沂，风乎舞雩，咏而归"，在潇洒中同时带有入世的味道，如"当时共客长安，似二陆初来俱少年"；又带有道家"几时归去，作个闲人。对一张琴，一壶酒，一溪云"的恬适；"何夜无月？何处无竹柏？但少闲人如吾两人者耳"，阐明了佛家获得心之宁静前必须克服恐惧、恼怒、忧愁等感情的阻碍。这三种看来相拒相斥又相辅相成的思想，在东坡的潇洒中融为一体并内化为他的个人品性。

二者具有同一性,但余以为"乐观"是相对于其所处的逆境而言,在消极、攻击与落魄中的积极应对;"潇洒"一词则贯穿了他人生的始终,二十有余,"轻松愉悦,壮志凌云,才气纵横而不可抑制。一时骅骝长嘶,奋蹄蹴地,有随风飞驰,征服四野八荒之势"的豪迈从容;三十有二,"譬彼舟流,不知所届,心之忧矣,不遑假寐""区区之忠,唯陛下察之,臣谨昧死"的朝堂砥柱;年近不惑,"出本无心归亦好,白云还似望云人"的闲云淡然……种种如此,隐于或现于诗词之中,不再赘述。

"乐达潇然"正是本书所传递给我的观事与处世之法。林语堂为东坡用英文列传,虽经重译的打磨,却兼具两人的气韵。如此,既为苏轼走向世界备好了行囊,又向喜爱与崇敬他的国内读者提供了精神养料。

知人论世,林语堂作为20世纪30年代文学运动中的一位代表,东西文化碰撞中有着全球视野的作家,他扛起了"性灵闲适"的文学大旗,在《苏东坡传》中可以鲜明地看见其对中国传统文化的传承与西方文化的吸收。

明清时期的性灵学说主张自萌芽起,便认为人之所以是"有心之器",而不同于自然界的"无识之物",即在于人是"性灵所钟",有人的灵性。尽管这是林语堂对小品文的抒怀主张,但在本书中有所体现。通过对苏东坡乐达潇然的人生姿态之详尽刻画,以描绘人生轨迹的传记方式体现出苏东坡所展现出来的"人的灵性"与面对客观灾难的"闲适"之情。传记中理想化的苏东坡定与现实中的他有极大差距,但林语堂正是通过这样一种活灵活现的人物形象向西方读者传达了中国传统的道家思想。

王福雅在《林语堂"闲适笔调论"》中所阐释的林语堂的"闲适论",向外指向一种闲谈娓语式的充满亲切、自由、平易笔调的小品文风格,向内则指向林语堂重表现、抒性灵的文艺观。"这在传中以平易近人的故事讲述中表现出来,以'童年与青年''壮年''老练'与'流放岁月'为线索,使得整部作品可读性强,易于西方读者所接受。正如林语堂先生本人所述'在人生途上小憩谈天,意本闲适,故亦容易谈出人生味道来'。"

"西方大众是林语堂《苏东坡传》的读者定位……以东坡的足迹为写作指南,走到哪儿介绍到哪儿……在外国文化背景下不可缺少……采用的是微观叙事的角度,落脚点在生活琐事中……"这种写作策略正是在时代文化交流的大背景下适应西方阅读群体了解东方传统思想文化与社会的有效方法。面对不同文化背景下的文化交流,林语堂先生以中国视角传递中华传统文化中的性灵、闲适观念,以期使中国传统道家文化"走出去"。

在翻译西方文学及文艺评论的过程中,美国文艺批评家斯平加恩给予林语堂表现方式上的启发。受到了西方文艺思想的影响,加之对明末清初性灵说的感悟,在文化交流当中,林语堂的著作便带有中西合璧的色彩。

《苏东坡传》中,他在东西方的文化交流中找到共通点,用苏东坡这样一个历史人物架构起东西方文化交流的一个枢纽。"个性既然不能强同,千古不易的抽象典型也就无从成立。"从欧美近现代表现主义的文艺理论中吸收营养,以东方人的目光看西方,向西方人宣扬东方文明与道家哲学,促进了中外文化的交流与发展。

林语堂先生是非常喜爱苏东坡的,在他的《国学拾遗》中就曾提过:"换句话说,庄子是中国最重要的作家;经过一千四百多年之后,才有一位可以和他比较的天才，苏东坡。"在《苏东坡传》的序中，林语堂先生也写道："我写《苏东坡传》并没有什么特别的理由，只是以此为乐而已"，"苏东坡的人品，具有一个多才多艺的天才的深厚、广博、诙谐，有高度的智力，有天真烂漫的赤子之心——正如耶稣所说具有蛇的智慧，兼有鸽子的温柔敦厚。在苏东坡这些方面，其他诗人是不能望其项背的。这些品质之荟萃于一身，是天地间的凤毛麟角，不可数数见的。而苏东坡正是此等人！他保持天真淳朴，终生不渝。"

苏东坡并非生在一个完美的时代，事实上，所谓完美的时代或许永不会出现。但苏东坡（也许只是林语堂笔下的苏东坡）可以证明，不完美的时代，也可保有几近完美的人格，度过几近完美的人生。他写尽人间繁华，他看透人情冷暖。他高唱大江东去，他独得世间潇洒。他是苏轼——眉州眉山脚下旷达自然的男子。

《苏东坡传》一书中，林语堂先生结合历史事实与主观评价所塑造的苏东坡这一人物形象，结合了中国传统思想文化，旨在向西方传递中国思想与中国故事，在艺术性与文化交流之上拥有独特的历史价值，就其在西方的反响来看，其无疑是大获成功的。

阅读全书不仅使我从人物形象、经历之中获得莫大启示，也于文化交流的意义上有了更深层次的理解与感悟。[1]

---

[1] 沈玲、鲍前程：《林语堂与中西文化交流》，《徐州师范大学学报》2000年第26卷第3期。

二 散文

童年的谎言
——晚期资本主义文化的一种症候

周孝文
西南大学文学院

现代的儿童节早已脱离了原意,尽管儿童从未真正成为儿童节的主体,而是一直作为被注视与塑造的客体而存在。但近来,越来越多的成人热衷于扮演儿童。大部分情况下这都是以娱乐为基调的戏仿和操演,却折射出了某些时代症候。现代人热衷于扮演儿童的同时,儿童-成人的关系也在发生异化。

儿童是成人被剥夺的过去,从自主的匮乏走向了被剥夺的匮乏,但是当异化的人浪漫化童年之后,其实忽视了他们的匮乏主体只存在于出生那时刻,就像一个牺牲者不可能在活着的时候成为牺牲者一样,没有儿童能在幼年时真正成为儿童。每个成人都有这样的记忆,在他们的童年时代,他们从未真正拥有话语权,儿童之所以能参与到儿童节里去完全是因为他们能在成人的引导下表现得像个儿童而不是他们本身就是儿童。儿童节甫一诞生就是为了满足成人对于儿童形象的想象,而真正的儿童在成人的语言暴力下则显得异常脆弱。他们无力构建自己的话语体系来对抗成人,所以一旦他们未成熟的智力与天性触怒了成人,他们就会立刻被冠以"熊孩子"的蔑称而被逐出童年的伊甸园。

语言和相互定位制成了一套不言自明,却具有强迫性的象征秩序,这个秩序渗透到曾经泾渭分明的儿童世界和成人世界。既然人人都心知肚明,"童年"这个概念并没有任何的本体性可言,那么一个披上想象出来的儿童外皮扮演儿童的成人为什么不能是一个真正的儿童呢?事实上,当现代媒介用虚构的成人主体视角看待童年,粗暴地取代了儿童的内在体验时,"童年"就已经成为一个空洞的符号,掌握了这个符号的成人当然可以名正言顺地成为儿童节的僭主。

那么对于成人而言,扮演儿童的动机又是什么?是对幼年时代遭受成人话语权压迫的反讽,还是对僵化刻板的儿童-成人二元对立身份认同的解构?是对逝去"童年"的浪漫化追忆,还是对脱离家庭后阵痛的麻醉?事实上,每个介入这场狂欢的个体都有其复杂的内在动机。但无论如何,对儿童身份的借用是对成人身份的逆反这一点是无疑的。也就是说,并非现代人主动选择了儿童世界,而是成人世界驱逐了现代人。出问题的并非"儿童"这个概念,它事实上只是起了防空洞的作用,出问题的是整个晚期资本主义社会。

随着消费取代其他社会活动成为人类确认其主体性的主要手段,成人不得不面对高压的生存环境。在实现经济自由之前,一个成人很难被当作一个独立的主体被承认。在获取认同的焦虑与现实的消费能力脱节时,许多人选择逃避这种消费社会赋予他的社会身份,而讽刺的是人们逃离的目的地往往本身就是现代社会所生产的娱乐商品。当然还有更为彻底的逃避方式——抑郁症、进食障碍、自杀与无差别暴力犯罪,他们无一不是晚期资本主义的典型症候,而它们的共同点就是对自我的痛苦否定。而扮演儿童,同样是丧失主体性的个体对于社会身份的抗拒,人们试图通过返回"童年"回归来自起源的自主性。但很难说参与扮演儿童这一行为的人有这样明确的自我意识,在他们毫无抵触地拥抱商品社会时显然进入了某种集体无意识的状态。

从这种意义上说,扮演儿童是后现代文化的一个侧面。就像詹明信在《晚期资本主义的文化逻辑》中所言:"一种崭新的平面而无深度的感觉,正是后现代文化第一个,也是最明显的特征。说穿了这种全新的表面感,也就给人那样的感觉——表面、缺乏内涵、无深度。这几乎可说是一切后现代主义文化形式最基本的特征。"所以网络上的儿童扮演者们满足于无意义的社交互动并且毫不抵触他们事实上所反抗的商品社会。这是后现代文化的悲哀,资本对文化的渗透如此之深,以至于它能够将潜在的意识形态反对者吞噬到它的逻辑体系中并通过消费行为将其同化。

司汤达在《红与黑》里说国王的一次巡游足以抵过自由派三个月的宣传,作为现代社会的主宰,资本提供的一天的狂欢仪式也足以瓦解人们潜意识里残存的自我与反抗意识。儿童节的转变并非成人取代了儿童,而是后现代的反理性文化对严肃的现代性话语的篡夺,是消费逻辑对权力意志的驱逐。在这个荒诞的时代,每个现代人都既是赫拉克勒斯,又是试图勒死他的毒蛇;既是风车,又是冲向风车的堂吉诃德。

一路静默，一生风华
——写给沈从文的纪念

何月楠

西南大学文学院

"先生一生，淡名如水，勤奋、俭朴、谦逊、宽厚、自强不息。先生爱祖国、恋故乡，时刻关心国之安、乡之勃兴、民之痛痒、人之温爱，堪称后辈学习之楷模，特立此墓，以示永远怀念！"这是沈从文去世后他的墓碑上所刻的文字，沈从文一生的传奇与动荡、一生的争议和苦痛，都在他离世的那一刻，化为一抔黄土，深埋地底。生前一世颠簸，身后终得安稳。

我一直在想，先生的一生怎么会这么苦！

先生绝非凡人。他是那个在十五岁就迫于生计、投身土寨的少年，他是那个二十岁心怀信仰、赴京闯荡的少年，在"窄而霉小斋"伏案疾书是他，写下传世作品、名满天下是他，众人非议、孤身自怜是他，绝望赴死、再获新生还是他。先生一生，经历了太多常人永远无法经历之事，也承担了太多常人从未尝过的辛酸与苦痛。

先生是有勇气的。

否则不敢在十五岁就投身土寨,过了"五年不易设想的痛苦怕人生活"。他大抵是不适合这些打打杀杀的,他或许天生就是不同的,所以才会被陈渠珍赏识,做了他的秘书。五年的军旅生活给了先生一种不一样的感受,或许是不顾一切的勇气,又或许是坚持到底的韧性,才让他从今以后拥有了一股抵挡生命中苦痛的力量。

先生二十岁,梦觉惊醒。

先生只身前往北京学习。他曾这样描述自己二十岁之前的生活:"在二十岁之前,生命是沉睡着的,在人生浪涛里沉浮,不曾想到自主,也无从自主。"双十年纪的沈从文仿佛受到某种感召,满怀一腔热血,拥抱信仰。理想总是炙热的,而现实却是冰冷的。一个没有名气、出身乡野、更无钱财的少年,在北京的生活我们可想而知。但先生从未言弃,一边跑到北大旁听,一边在自己狭小的公寓里不分昼夜,劳心写作。命运总能给人带来转机,郁达夫、徐志摩这些先生生命中的贵人一个又一个地出现,给那个栖身于狭小公寓中的少年带去一丝光亮。

先生的生活开始好转了。

先生有了工作,有了稳定的收入。纵使岁月凄苦,也还是让先生觅得良人,与兆和结婚。总算不再是顾影自怜了!从此以后,你的苦痛、你的伤悲、你的喜悦都将与你心中的那个她一起携手共渡。

但,好景不长。

命运好似对先生并不友好,这一次它给先生带来了伴随一生的争议与纠缠。先生四十六,郭沫若在香港《大众文艺丛刊》上发表文章,将沈从文界定为"桃红色文艺"作家。文人相轻,沈从文受到了轰轰烈烈的批判。本是宁静和谐的北大校园里挂起了横幅,那刺眼的文字像一把把锋利的刀,刀刀扎在沈从文的心上。本是该共同探讨、共担家国命运的文人们,开始用不堪的文字咒骂先生,声声入耳。

就算是再怎么坚毅,也承担不起这般苦痛。先生自言:"生命脆弱得很,善良的生命真脆弱,都是空的。"是啊,面对如潮水般涌来的漫天指责,先生好似被抽空了所有希望似的。当初,在那个小而破旧的公寓里,每天没日没夜地写下去,先生也都从未放弃过,可是这一次,他真的坚强不下去了。触电、喝煤油、割手腕,这一幕幕惨状接连发生。我仿佛看到那个文弱的书生眼里噙满泪水,心怀绝望地想要终结自己的一生。离开,离开就好了,也许那时的先生就如同这般想着,念着。死亡是沉重且轻松的。1949年,沈从文因切脉自杀被人送往医院,幸而获救。再一次拥有生命的先生变得更加孤独了。我不知先生曾在无人之时,有多少次唏嘘拭泪,又有多少次再起自杀之念。哀莫大于心死,大概说的就是他了。

先生对人失望,对这个社会失望,可是他绝不会对学问失望。

经有心人介绍,先生离开北大调往历史博物馆。

无论是在哪里做学问,先生都始终怀揣着那颗赤诚之心。经历了那么多起起伏伏,他却从没变过。那颗火热的心被众人的口水淹没过,被生活的苦水打湿过,却从未凉掉。这么多年了,他还是当年那个一无所有就敢抛下一切奔赴北京、追寻理想的少年啊。二十多年,他专心研究古代服饰,目不窥园,与世隔绝,终于著成《中国古代服饰研究》。700幅图像、25万字,先生勾勒出由服饰串起来的中国历代发展脉络。先生的笔一挥,便是千百年的风云变幻。他又一次回到大家的眼前,这一次,他依然还是那个温和儒雅却又执于内心信念的沈从文。

又七年过去了,先生的身体一日不如一日。

冥冥中声声洪亮又厚重的钟声敲响了,先生该离开了。他真的走了。同年,诺贝尔文学奖本将颁给先生！这一次,他是真的走了,带着一生的尘土与风华。从此,沈从文只存留在文字里,存留在想他念他的人心里,世上再无沈从文。

回首先生的一生,处处是苦痛,是伤悲。

生时,遭受非议,自寻赴死。殁时,遗憾透顶,入乡埋骨。我知先生或许不在乎所谓的荣誉,但先生的一生,最后一个可以证明先生的才学的桂冠,最终也没落到他的头上。可是先生还是走完了他坎坷的一生,走出了自己的气度,走出了自己的坚毅。先生真真正正践行了自己的理想,守护了自己的信仰。哪怕也曾被这炙热的信仰灼伤,他也从未撒手。先生的一生,不可谓不传奇。

多年后,仍念先生。

关于我在泰国度过的十九岁末尾和二十岁伊始

樊帆

西南大学文学院

二十岁的前夕,泰国。

(一)

我在积满腐烂果实的林间小道行走,像蜜一样灿烂饱满的阳光在我身后涌动。空气里隐隐浮动着热带水果介于成熟和朽烂之间微妙的气味儿,像是诱惑着谁攀上布满虬疤的枝丫,拂过趴伏在沉甸甸的肥大叶面、轻盈又惊惶地四处溃逃的动物,孤注一掷地伸出手掌触碰殷红而不可得的果实。如果我想,我可以轻而易举地荣膺这样低廉的欢愉,在永远充斥着摩托车将油和气以及理发店不知名的花香型头油混合压缩再像吹破一个硕大而飘飘然的泡泡一样发出叹息般的破裂爆响的土路边吮吸莹白的果肉和甜美的汁水。黑亮轻盈的节肢动物在青黄茂密宛如森林的果实根须里惊惶奔走,再绝望地死于苍黄的达摩克利斯之剑下。异样的肤色和容貌甚至会得来慷慨的馈赠——等价的商品交换之上额外的劳动产品。但高高悬挂起来的我因熟透而绛红的欲望,却始终发出浑噩的呢喃,并不因别时别地的易获得而减损它的诱惑性。至于我摘下蒙昧的果实之后,收获的是欢欣贪婪羞耻或其他,又有谁关心呢?

(二)

等水开的时候,我不得不在屋子里来回走动,保护我裸露在外的皮肤免受蚊虫的叮咬。但这注定是个矛盾的悖论——疲累的风扇不能遏制我渗出热烘烘的汗水和滑腻的皮脂,我身上每一寸裸露在外的皮肤皆是淌着蜜与奶的迦南沃土,若肃立不动我便如同山肴野蔌杂然前陈予取予夺。在动和不动之间横亘的是我伤痕累累的身体。在我过去的大多数日子里,我甚至对它并不怎么珍惜,不时的磕磕碰碰而出现经久不消的瘀痕,并没有把五脏当成洁净的庙宇,吃进去的并非干净的食物,对自己的厌弃导致的随意的生活习惯,让我常常避免直视自己的身体。但在生活水准一降再降的时候我反而对它开始珍惜起来,在闷热昏沉的午后接连几个小时躺在床上一动不动地保持深长缓慢的呼吸,凝视着皮肤上微小的起伏和绵密黏腻的汗珠。用经过漫长的等待烧开的热水清洗自己,甚至与体积数倍小于我的生物进行种种徒劳的抗争,使得自己免受一点点儿微不足道的伤害。加缪常常在他的书里描写那种被不可抗拒之强力拒斥在多数人生活之外的生命窘境,但事实上在我极为平凡普通的过去的二十年里,我不曾被强力拒斥在生活之外,而从此处到彼处的文化休克之中,我却近乎感到了流放。在异己的文化和离都市文明距离更远而更"蛮荒"的自然力量之下,我被迫以类似局外人的角度审视自身。大概在现代生活之下,物质文明的相对匮乏和精神高地的蛮荒同样令人想要出走。

（三）

  我的学生大多数有印度血统：很漂亮，她们有深陷的眼窝，乌黑的眼和睫，紧窄的脸型和饱满的苹果肌，紧致的皮肤被热带的阳光晒成微微泛赤的棕黄色。她们见到我都很尊敬且热情，会双手合十，微微躬身，用蹩脚的汉语说"你好"，乐于为我解决各种各样的烦恼：去遥远的购物中心，去普吉岛无忧无虑地旅游，也不吝和我分享一兜新鲜的水果和运动会获奖的喜悦——但上课的时候她们都不大专心，会自顾自地玩手机、聊天或者自拍。放到中国我想大概也能引起高校教师的共情：对自己课堂教学质量的担忧和对学生隐隐的窝火。在课堂之外真挚的尊敬和课堂上自然的漠视，对自己外貌极端重视和潜在反智倾向的鲜明反差，在这里更为明显。学姐说这是他们快乐教育的国策所致，而我的妈妈在电话里反问我："那他们人均寿命多少？"

  我无意对他国的教育模式进行探讨。事实上我觉得在学习压力相对轻松的模式之下成长没什么不好，在接受基本的道德教育之后学习的努力程度以及是否能将学习作为打破社会阶层固化的渠道完全取决于个人。我感兴趣的是这种矛盾的差异：对传播知识的人和对知识本身的态度的差异是否可以归结于社会塑造的人和自身选择的差异？套用弗洛伊德的理论，是外显的自我和快乐选择的本我无意识的博弈吗？如果如此，那么动物的本我仍旧占了上风，但我们追求的超我教育、道德准则和社会规约是对少数人的意义更大，还是约束了多数人呢？

  九月十日，教师节。

三 诗歌

小河

曾平

西南大学文学院

沿着鲜红的小河
我盘旋而上啊
远方是皲裂的殿堂
嗜血迷烟起舞,断臂雕像吟唱
我用灵魂张望,血色旗帜的信仰

沿着鲜红的小河
我盘旋而上啊
白发的精灵少女舞动绿色衣裳
满月影射她的身姿,醇美如女王
她忧郁的舞姿携大地一同咏唱

沿着鲜红的小河

我盘旋而上啊
天边的爱人,你可还记得我单纯的模样
我沉睡于天堂时,你可在梦里为我披上霓裳
绽放曼珠沙华之地把过往埋葬

蓝色星河要流向何方?
亘古长情,不止约定的漫长
请原谅我无意中想起你的脸庞
我陷入无情的欢乐,你说那是暴烈的哀伤
红色小花盛开于残破的金殿,你说那应是天堂

脚底黑色的深渊,泥浆混混流淌
它搅乱残破的花茎,填满原野的欲望
天边的爱人啊,无论你去向何方
且请留下你沉迷的清香
我捧花消亡的瞬间,尚得回忆的徜徉
只不过
所有的热情,都是废土的暗自神伤

蒲公英

周孝文
西南大学文学院

风,我的爱人
你将我掳走
在一个眼镜蛇在云中沉睡的午后
留给我的母亲的
是蓝色月光笼罩一头大象的悲哀
在对流层粉碎我的抵抗
在平流层褪去我的矜持
我是一枝枯木与天鹅舞蹈
一团死灰与翡翠滑翔
在大地之上
无眼的羚羊,断腿的狮子
一切没有未来的生物
都能听见我的呜咽

我欺骗自己

于是终于发芽,终于复燃

然而不过两个时辰

我便坠地,便自由,便被囚禁

今天的你仍是一个浪子

而我却早已扎根土地,十月怀胎

你我再无交集

直到眼镜蛇再次睡去

直到我化为蓝色月光下一个怪异的隐喻

犬儒

周孝文
西南大学文学院

他咽下玻璃磨成的豆浆
　肺叶变得透明
　　或许拧干舌头
可以挤出一杯葡萄酒
桌上被弹走的那只虫子
是他三个轮回前爱人的耳朵
　　永远正确的太阳
　　没入伟大的地平线
　　　于是
下水道里，老鼠流淌
马路两旁，飞蛾屹立
呼喊　呼喊　呼喊
沉默　沉默　装死

爱惜羽毛的燕雀要啄他的眼珠
他快乐地践踏自己的影子
因为每个晚上
他还要擦拭肋骨内侧的霉斑

四 小说

高考之外

马潇潇

西南大学文学院

公元724年,唐开元十二年,四川江油。

"公子,今年是否应考?老爷已苦劝多年期盼公子能光耀门楣,以张门庭。公子才华灼灼,必能冠绝英华,一路高歌直至金殿之上。若再不应考,必让其他才俊捷足先登!公子只能曲于山野,纵经纶满腹,壮志溢胸,如何能一展抱负,岂不惜哉?"

"哈哈,小童倒是口齿伶俐,道理云云,还教训起先生来了?昔日,太宗皇帝见新进进士鱼贯而入朝堂不禁得意而笑曰:'天下英雄进入吾彀中。'天下英才各有所求,有所求必有所束,难以随本性而肆意施展,久之亦难守纯真之本心,使天赋蒙尘,明珠黯然。虽为国之栋梁者众,却难为大师开天辟地也!吾所求者,高伫于庙堂华阶,为君王之股肱,为万民之良仆;闲散于云山之巅,交挚友以扬情,饮美酒以享乐。留则呕心沥血,去则肆意洒脱!去留由己,无拘无束,不落彀中,岂不快哉!于今,吾更愿高飞远望,一览华夏之山河俊美,阅尽世间人情百态,岂会皓首穷经,埋于累牍求一名位!待我胸有山川黎民,名播四方,君王必能如文王求贤,那时岂不一朝名动天下?也罢,也罢,你马上收拾行囊,明日即随我游历巴蜀,看那峨眉俊秀,江河泱泱!"

旬日后,夜。

明月照人,江风徐徐。一白衣之人木然立于船头,恍惚间,似天上逍遥仙。

"峨眉山月半轮秋,影入平羌江水流。夜发清溪向三峡,思君不见下渝州。"

"公子好诗啊!"

"你这小子竟能领会其中意味?今夜明月清朗照人,山影清秀宁静,江水缓缓深沉,如此美景,不禁随兴而发!"

"嗯,如此神仙境界,吟诗不够,作唱方不负美景。来来来,听我和之以歌。"

歌曰:

顺流疾兮风荡,衣袂飘兮飞扬。

秋月皎兮如霜,高峡重兮苍茫。

江水浩兮洋洋,仙人游兮神往。

登九天兮渺渺,览山河兮秀壮。

八年后,长安,醉香楼。

"李兄,果然上仙也!吾等市井俗人能与之相识实乃幸事。来,来兄弟们,我们敬李先生,一醉方休……"

"先生,醒来,醒来!"

"哎哟,头好痛,你小子为何还在这里,不是让你另谋生路了吗? 这是哪里? 我昏睡多久了?"

"这里是城郊一废弃寺庙,先生已昏睡整整一日了,此刻已是深夜,小的跟随先生多年,是不会离开的!"

"哈哈,我现在身无分文,潦倒无路,若我独自一人,天为被,地为席,星月为灯烛,自由自在别有一番情趣,你跟随于我岂不扰我仙人之境!"

"公子,这里有丹丘道人给你的书信,或有所转机。"

"哦?! 丹丘子啊,丹丘子啊,你何苦救一无救之人!"

"先生,还记得刚离家乡,在平羌江那个夜晚吗? 你立于船头吟诗作唱,好不潇洒。虽今日一时困顿,但公子才华无双,已名满天下,必有伯乐识之,不可自暴自弃啊!"

"那夜之月与今日之月是如此不同啊! 吾虽名高在世,却屡屡遭小人记恨,以至落得如此田地! 世间路之难,此刻我方体会,犹如那崎岖高耸的蜀道呀!"

"噫吁嚱,危乎高哉! 蜀道之难,难于上青天……也好,趁这月色,你我二人就徒步而行,找丹丘子去,先做个逍遥散仙!"

十年后,泰山,阳光普照。

"哈哈,丹丘子终不负我矣!"

"先生何事,如此高兴?"

"丹丘子将我诗词举荐于玉真公主,不久我将奉诏入京面圣!"

"恭喜先生,终可一展抱负了!"

"是啊,寰区大定,海县清一! 走,先回南陵见见孩子们!"

数日后,南陵,清晨。

"伯禽、平阳,父亲此去,必将为圣上重用,待我安定下来就接你们去长安!"

"哈哈,吾终有出头之日了?仰天大笑出门去,我辈岂是蓬蒿人!"

两年后,长安。

"圣上如此器重于你,竟然让贵妃亲自磨砚,先生为何要请辞?"

"小子,可听过贾谊?当年也是一腔抱负,汉文帝召见于宣室,文帝不问苍生大计,却问贾生鬼神之说。今日之事,何曾相似。圣上只当我为一翰林待诏,写文作诗而已!走吧,人之宿命难以逆改,也好,与其虚与委蛇周旋于权贵之间,不如我们继续走访名山,何其逍遥自在!"

十三年后,丹阳郡。

"先生,快走!永王兵败,大势去矣!"

"怎么会?!天哪,为何苍天如此捉弄于我!想我少年之时便娴熟弓马,剑术亦名于当世,于庙堂无立锥之地,本意效力永王力图,岂不悲哉!"

两年后,白帝城,清晨,初升太阳下的薄雾缥缈如烟。

"夜郎万里道,西去令人老。不想人生竟至于斯……"

"先生,先生,大赦!大赦!皇帝陛下大大……大赦天下了!"

"是真的吗?大赦,大赦……船夫,调头,东下江陵,哈哈哈哈哈哈!此地风景原来如此之美啊!"

诗曰：

朝辞白帝彩云间，千里江陵一日还。

两岸猿声啼不住，轻舟已过万重山。

忽然，船头传来呜咽之声："呜呜，呜呜……"

"先生，你如何这般时笑时哭，莫不是生病了？"

"唉，无病，只是悲喜交加竟不能自制。人生真如这九重云霄，诡谲难测，世事难料。吾年少时立下大言要比管晏，岂料世事艰难，天意难测，屡遭坎坷，如今垂垂老矣，一事无成，却罪身遇赦，该喜乎？该悲乎？吾十五岁始，便仗剑游历天下，至今已四十五年矣，走遍名山大川，看尽世间百态，时放荡不羁，时倚剑壮志，时醉酒寄情，时隐居求名，时嬉戏权贵，却总难以得志。虽文采名耀当世，于国却无开疆拓土之功，于民却无细雨润土之能，悲乎！只能以谄诗艳文博君王后宫之乐，以癫狂宿醉解郁愤之情。浩浩大道，皇皇上天何其不公！小子一直追随于我，如今亦两鬓染霜，是否亦觉我荒废无成，失意无功？"

"先生，请听小子一言。人之才，各有不同，或善治国理政，或善驰骋沙场，或善筑城治水，或善著书立说。譬如孔圣人，虽学识渊博，微言大义，却仍仓皇游于列国而不得重用，然于杏坛开学育人，光耀千秋，泽被万代，终成万世师表。太史公虽高居君王之侧，却因耿直谏言被施以宫刑，亦是愤懑悲凉，然其名垂后世不因其高位，而世人敬其高洁之品质，意志之坚韧，终成史学大家。先生乃天授奇才，虽锦绣满腹，然性情耿直不羁，难容魑魅魍魉，不懂曲人转圜，故难立足于朝堂，然先生天性情洒脱，品质高洁，天才放逸，不拘世俗，于诗词歌赋奇幻浪漫，姿态汪洋，观古今无人能出其右也！虽坎坷多难，然诗文却愈见精粹，令山野之孩童，庙堂之达官，皆流传诵读，岂非一大功德也！先生还记否，年少游历巴蜀时于小子所说：天下英才各有所求,有所求必有所束,难以随本性而肆意施展,久之亦难守纯真之本心,使天赋蒙尘,明珠黯然。虽为国之栋梁者众,却难为大师开天辟地也!顺从天命,遵从本心,不囿于世俗,坚守本心之纯真方才有当下举世无双之先生也!何以困顿于世俗之眼光,而妄自菲薄?"

"哈哈,小子一番话风雷激荡,金玉振声。白,谨受教。"

公元762年,唐宝应元年,安徽当涂,西日昏沉。
一老者卧于竹榻,以微弱之声,吟诗曰:
大鹏飞兮振八裔,中天摧兮力不济。
余风激兮万世,游扶桑兮挂石袂。
后人得之传此,仲尼亡兮谁为出涕!

画外音:
电影《白日梦想家》里有一台词:
开阔视野,冲破艰险,
看见世界,身临其境,
贴近彼此,感受生活,
这就是生活的目的。

没有任何事情是我们必须要去做的,找到读书的真谛,领略生活的意义,活出自己的色彩,这就是我们奋斗的目标。
高考之外是广袤的草原,是无际的海洋和深邃的宇宙。
你的角度,决定你的世界。

那个阿栀死了

冯楠

西南大学文学院

壹·破土

阿栀死了。

阿栀把它从花盆里揪出来,泥溅了一地。触摸花叶的手指沾上厚重的灰尘,裹着汗,搓出灰褐色的泥条。

"阿栀死了。"

"啊?你不是正在和我讲电话吗?"

"栀子花死了。"行李箱碾着滑轮在瓷砖地板上磨梭,刮出的响声被电波托着。待传到电话那头,响声已经模糊得不成样子,反而更显出巨大的声势来,遮掩了最后一句话:"那么,我可以离开了。"

贰·发芽

元望被阿栀突然打来的电话拉入曾经过于悲伤的回忆。他努力拉扯了一下嘴角,妹妹大概已经离开十年了?好像是有这么久了。那么阿栀,也照顾阿栀十年了。

元望从抽屉里摸出一包皱皱的烟,里面只剩下最后一根。点燃,白烟吞咽这十年的时光,闭眼就是过去。

妹妹最近交了一个新朋友,那个小女孩儿叫阿栀。她俩感情好得让他这个哥哥都有些嫉妒了。俩小姑娘还一起买了一盆栀子花,搁在妹妹的窗台上。上次他还听到妹妹一边给花浇水,一边傻乎乎地说:"我和阿栀一起买的你,你是栀子花,那你也叫阿栀好不好?就这么定了!"说完还用指腹轻轻蹭了蹭柔软洁白的花瓣。真是傻得可爱的妹妹,越来越好奇阿栀有什么魔力了。

烟在十年里早就潮湿得不成样子,很快就熄了,白烟散了。谁知道他第一次见阿栀是在妹妹离开之后。妹妹给他留了遗言,叫他把花带给阿栀,让阿栀好好生活。

他挣扎了很久,抽了好多包烟,剩下最后这一根。他把花带给阿栀,留下自己的电话号码。他摸了摸阿栀细软的头发,他咽下泪,嘱咐她好好生活。

叁·抽枝

阿栀去了一个小岛,四面环海。触目是澄澈的空白与波涛的宁静,鼻息是海浪拍出的泡沫和蒸发的咸白热气。

她喜欢在海边坐着,大海的深蓝连着天空的浅蓝,有一条窄窄的分界线。只有处在那窄窄的线里,她才能藏好自己,才能卸下防备,看看自己的心。

阿栀没什么朋友,曾经有一个已经去世了。她们一起买了一盆栀子花叫阿栀。她们一起照顾阿栀,给它浇水、松土,给它唱歌,和它聊天。岁鸟说阿栀是她们友情的见证,阿栀在,她们就一直是好朋友。阿栀记这句话记了很久。她把阿栀照顾得很好,一直到十年后才枯萎离去。

肆·风吹

岁鸟走了。

没人清楚原因。但人就是这么一个奇怪的生物,他们喜欢猜测、编造和加工。阿栀作为岁鸟最好的朋友,自然成为这些故事里的主角。

人言可畏,她躲了十年。

阿栀认真地照顾着她们的花。但那花开得越好,就愈发刺痛阿栀。明明一切都和自己没关系,明明谁都不知道真相。谁有资格去当那个解密者?

阿栀做了自私的决定,她假装忘记"阿栀"的存在。她忘记浇水,忘记松土,忘记杀虫,忘记自己早就熟悉养花,忘记……岁鸟。

阿栀死了,她很开心。她给元望打了电话,她拖着行李箱到海边度假,她又是全新的自己了。

阿栀活过来了。

第二篇

学术论文

中国现当代文学研究

试论沈从文作品中的"粗话"

王苾妍

西南大学文学院

摘要："粗话"常常被视为不雅和粗鄙,而在沈从文的作品里却被运用得自然而又恰当。在沈从文的笔下,那些不扎眼的"粗话"赋予了湘西世界和人民更鲜活的生命力。同时,雅俗和谐的行文方式也让作品获得了更大的张力与表现力。

关键词:沈从文;"粗话"描写;文学语言

沈从文的文字如水流般自然流畅,柔和含蓄,因此写沈从文语言美的文章有很多,而关注沈从文笔下"粗话"描写的人却很少。在诸多人类语言现象中,脏话粗话或许是最让人难以启齿的,至于将脏话书诸文字或许更加不妥当。但文学作品中有着形形色色的人物,说出的话也就各种各样,"粗话"便自然要出现在文学语言中。沈从文通过谨慎恰当的"粗话"描写,反而起到了为文章增光添彩的作用,让我们看到了"粗话"在文学语言中的存在意义。本文将从三个方面来论述沈从文笔下的"粗话"描写。

一、沈从文笔下的"粗话"略览

在罗列沈从文作品中的"粗话"之前,首先得明确"粗话"的概念。"粗话"与"脏话"的定义难以界定,内容复杂多变,不同地区在不同的时间段内对粗话、脏话都有各自的理解。《现代汉语词典》中对"粗话"给出的定义是"粗俗的话",即粗野庸俗的语言;给"脏话"下的定义则是"下流的话",即卑鄙龌龊的话。由此可见,脏话一定是粗俗的,但"粗话"未必有"脏话"那么难听,范围也不仅仅局限于"猥亵字眼",所以"脏话"应是"粗话"范围里的一个组成部分。除此之外,"粗话"还应包含部分内容庸俗、粗野的口语俗话,在某些歌谣、诗歌中也有涉及。这部分"粗话"往往没有强烈的攻击性和辱骂意味,包含的感情色彩也更加丰富多样。因此,在这样的概念基础上,本文对沈从文笔下的"粗话"大致分为了三类:含有性意味的脏话;不带脏字,但内容较粗俗的口语;民谣中的浪话。

第一类是含有性意味的脏话。《脏话文化史》的作者露丝·韦津利认为触犯禁忌才是脏话的实质。在中国的传统道德观念中,性是难以启齿的东西,甚至是污秽的,因此人们往往用提及人体秘密部位以及与性有关的字眼儿来辱骂他人或释放情绪。在沈从文的作品中,大致有《一个戴水獭皮帽子的朋友》中的"王麓台那野狗干的",《山鬼》里万万说的"肏他娘",《清乡所见》中兵士的大声恐吓"癞狗肏的"以及《船上》中沈从文的曾姓朋友看见镇关西随便往楼下扔爆竹就直接开骂"狗肏的",等等。其中有的作者直接用"X"来代替,比如《一个戴水獭皮帽子的朋友》中沈从文朋友说的"什么庙人,寺人,谁来割我的XX"等,这一类词在水手口中出现得较多。

第二类是不带脏字,但内容较粗俗的口语。许多是在称呼人时用到的,就像沈从文在《从文自传》中的:"不拘说到什么人,总得说:'那杂种,真是……'"①在沈从文看来,这样粗野不拘的叫法反而是增进人与人之间感情的妙药。《山鬼》里的毛弟和万万是一起放牛、一起摘刺莓吃的伙伴,毛弟帮万万把他家的水牯从别人麦田里赶出来时扯着嗓子对远处的万万呼道:"万万,你老子又窜到杨家田里吃麦了!""有我牛的孙子帮到赶,我不怕的。"他俩之间的对话无论是"扯谎是你的野崽!"还是"跌死你这野狗子"都骂着好玩,骂得越有趣,感情越深。而有的父母也直接以这样的方式称呼自己的孩子:"那些有小孩子在街上玩的母亲,只不过说:'小杂种,站远一点,不要太近!'"当然,这些词语有的早已成为许多人的口头禅,发怒时也必然会使用上这些词来骂一骂人。沈从文的曾姓朋友看见屠户家楼上又扔下了爆竹,大声喝道:"这狗杂种故意吓人,让我们去拜年吧!"除了"狗杂种""野狗子""老子"等常见的粗野称呼外,还有湘西的一些方言:像"小骚牯子"中的"牯子"在湘西方言中作未阉割的雄性牛羊意思;还有《边城》中翠翠经典的一句"你个悖时砍脑壳的"。在湘西,"悖时"是倒霉的意思,将"悖时"和"砍脑壳"连在一起运用在湘西也是非常常见的。

  第三类是民谣中的浪话。唱山歌是苗族人山寨生活的重要内容。《湘西苗族调查报告》中记载:歌谣在苗人的生活中,特别是在各种仪式中,占着很重要的地位。他们不但平时随时随地即兴唱,表现当时的情绪或叙述当地的事件,且每遇举行某种仪式或集会时,男女对歌更是日夜不休。由于长期处在封闭地理环境中,湘西人民的生活方式更具原始的自然美气息,人们表达情感的方式也更为坦率和直接,粗野且浅薄。因此在这些山歌民谣中,不乏有别具乡野

---

① 沈从文:《沈从文全集》第13卷,北岳文艺出版社,2002,第314页。

气息的挑逗歌谣。《萧萧》中的工人花狗,为了表达对萧萧的爱意,总是想方设法地来到萧萧身边给她唱歌谣,其中就包括"天上起云云重云,地上埋坟坟重坟,娇妹洗碗碗重碗,娇妹床上人重人""天上起云云起花,苞谷林里种豆荚,豆荚缠坏苞谷树,娇妹缠坏后生家"。而十三四岁的萧萧也总不会回避,还常常听着花狗唱那使人开心红脸的歌。渐渐地,一个可爱的少女也给花狗把心窍唱开,变成了个敢尝禁果的妇人了。而这些看似浅薄粗野的山歌,并没有玷污萧萧的单纯,让她变得轻飘,而只是让她在懵懂的时光间隙中仿佛感受到了一丝来自爱情的纯粹与真挚。再比如《阿黑小史》中,唱浪哥同样成了五明和阿黑打情骂俏的方式:"娇妹生得白又白,情哥生得黑又黑。黑墨写在白纸上,你看合色不合色。"五明借此故意嘲弄阿黑的肤色,引起阿黑的注意,以此还挑起了彼此之间的情趣。为了使阿黑高兴些,五明也会唱唱"天上起云云起花,苞谷林里种豆荚,豆荚缠坏苞谷树,娇妹缠坏后生家"。唱完后自己反而把阿黑缠得更紧了。阿黑也反过来调皮地笑着说:"看啊,苞谷也缠豆荚!"五明唱浪歌的本领让巫师老师傅也禁不住逗逗他:"我听说你会唱一百首歌,全是野的,跟谁学来?"没有礼教的约束,这样的挑逗即便是阿黑的父亲看来也不会让它和污秽沾上关系,只是慈祥地看着这段纯真的爱情自然生长,他们敞亮朴实的心让一切都变得自然和简单。除此之外,还有《雨后》中的"大姐走路笑笑底,一对奶子翘翘底,心想用手摸一摸,心里只是跳跳底";《长河》中的"豆子豆子,和尚是我舅子;枣子枣子,我是和尚老子";以及沈从文《还愿》诗中的"锣鼓喧阗苗子老庚酹傩神,代帕阿妹花衣花裙正年轻,舞若凌锋一对奶子微微翘,唱罢苗歌背人独自微微笑";等等。这些民间歌谣尽管含有粗野的成分,但读来并不会让人感到龌龊和下流,与都市里虚伪的两性关系相比,乡村性爱形式的大胆和自然更能体现人性的谐和。

二、沈从文作品中"粗话"的文学功用

首先,沈从文笔下的"粗话"对人物形象的社会身份有明显的标记作用,不同的人尽管都是说着相似的粗话,其背后却有不同意识观念和身份背景的展现。

在湘西,粗话已经自然而然地融进了生活,这些粗俗的话语甚至比规矩的寒暄来得更加亲切,成为湘西的印记。在沈从文描绘的湘西人中,带有明显粗话印记的便是湘西的水手和妓女,以及沈从文相处过的一些有趣的朋友。

"说到水手,真有话说了。三个水手有两个每说一句话中必有个粗话字眼儿在前面或后面,我一天来已跟他们学会三十句野话。他们说野话同使用符号一样,前后皆很讲究。倘若不用,那么所说正文也就算模糊不清了。"[①]他们一面把长篙向急流乱石间掷去,一面用粗野的字眼儿毫不客气地唱骂他人,如同一颗颗石子儿,在橹桨的激水声中跳进辰河,成为湘西的一部分。水手们从小就没有接受过正规教育,没有太多知识分子的所谓的羁绊约束,为了恶劣的天气,为了船搁浅,为了严苛挑剔的船客,不舒服了就骂几句,高兴了也骂几句,骂来骂去成了他们交流和情感宣泄的主要方式,成为大自然里一种独特的沟通方式。在笑骂中,他们更加豪放不羁、乐观从容,洒脱成了他们面对这坚石激流的最佳姿态。而河边那些日夜牵动水手们粗犷身心的妓女,她们没有放荡的风尘气,而是重情重义地在吊脚楼上守候着自己心仪的人。她们的感情直率且热诚,和水手相处时,他们互相说着野话,倾吐着自己对彼此的想念。《柏

---

① 沈从文:《沈从文全集》第11卷,北岳文艺出版社,2002,第128页。

子》中一位吊脚楼上守候着的女子终于看见柏子来了,张口便骂:"悖时的!我以为你到常德被婊子尿冲到洞庭湖底了!"柏子问她:"昨天有人来?""来你妈!别人早就等你,我掐手指算到日子,我还算到你这尸……"焦急的等待、关切浸入每一个粗野的字眼儿里,他们在嬉笑怒骂中倔强地生活着。他们的生活看似无关乎纯洁,却哪知这是多么健全圆满的生命形态。

如果说水手和妓女身上的"粗话"印记是至真至美的生命本身,是单纯的情感倾吐,那么沈从文笔下还有一类人,在他们身上,"粗话"是有趣人格的展现,背后是丰富的人生经历,其中以"戴水獭皮帽子的朋友"和军人曾姓朋友为代表。在沈从文心目中,"戴水獭皮帽子的朋友"是一个懂人情、有趣味的老朋友。他说出的粗话野话,莫不各有出处,言之成章,简直可以是一本活生生的大辞典。在他身上,对浑话野话的运用已经成为一门学问。"这朋友"年轻时是个巡防军,后来改做了军营庶务,又做过两次军需、一次参谋,后来做了武陵县一家最清洁安静的旅馆主人,"同时成为爱好古玩字画的'风雅'人了"[①]。曾经多重的生活体验给这位看似安静下来的"风雅人"提供了丰富的语言素材。"这朋友最爱说的就是粗野话,在我作品中,关于丰富的俗语与双关言语的应用,从他口中学来的也不少"。"这朋友"便是沈从文在押运军服的帆船上认识的曾姓朋友,他和那位"戴水獭皮帽子的朋友"一样喜欢说粗话。从沈从文对他们的描述来看,他们对粗话的运用大都用得风趣而有水准。"这朋友"更带有军人的勇敢与爽直,说起粗话来也更加豪放不羁,带有野性。他用最粗俗的方式描述不同的女人,别人觉得难以入耳,沈从文却觉得简单而风趣,不觉不得体,反而觉得这是恰当的生动表述。

---

① 沈从文:《沈从文全集》第11卷,北岳文艺出版社,2002,第229页。

其次，沈从文笔下的脏话，对人物的性格塑造也有重要的意义。无论是水手，还是"戴水獭皮帽子的朋友"，说粗话的人不一定办事粗野不正派，而平时那些乖巧温柔的人儿吐出的一两句粗话也并不代表着他们表里不一。沈从文笔下这些洒脱的粗话字眼儿反而衬出了汉子们真挚细腻的一面，赋予了故事中更多人物以色彩和生命。把两种性格、两种人格拼合拢来，粗中带细，这人才是一个活生生的人。

《边城》中翠翠一句"你个悖时砍脑壳的"就像一个小火炮一样突然炸开在读者眼前，谁想得到如此粗野的字眼儿竟是从一个眸子清明如水晶的乖女孩儿嘴里跳出来的！被吓着的本能反应将翠翠特有的娇蛮羞嗔表现了出来，逗笑了书中的青年，也逗笑了书外的读者。而那些看起来脾气大尽说粗话的水手们，可爱真挚处也就显得更多。那老水手一面笑骂着掉进水流大哭的小水手，一面却赶快脱了棉衣单裤给小水手替换，担心他着凉，换过了之后又骂："十五六岁的人，命好早X出了孩子，动不动就哭，不害羞！"仿佛既是慈母，又是严父。那在船上吼着说"老子要死了，老子要做土匪去了"的水手七老，当沈从文给他两吊钱，让他难得去岸上享乐时，他却出人意料地不和女人过夜。他知道沈从文喜欢吃橘子，就把钱全买了橘子藏在棉袄里给带了回来，烈日烘烤下依旧是那颗细腻善良的心。《一个多情水手与一个多情妇人》中的主人公牛保得了沈从文赠予的苹果，顾不得船上其他水手的詈骂，也要再到吊脚楼中去把苹果献给妇人，讲述这苹果的来源，最后把下河的时间也忘掉了。他们大大咧咧地骂着野话，真诚起来也可以比任何人都深情，让人心软。雄强和柔顺的融合，也正是人性的自然可爱之处。在生活的爱憎得失里，他们笑、骂、吃、喝，不问所过的是如何贫贱艰难的日子，却从不逃避为了求生而应有的一切努力,"他们的行为,比起那些读了些'子曰',带了《五百家香艳诗》去桃源寻幽访胜,过后江讨经验的'风雅人'来,也实在还道德的多"①。

再来看这位妙语连珠的"戴水獭皮帽子的朋友"。"这野杂种的景致,简直是画!""沈石田这狗养的,强盗一样好大胆的手笔!""这点山头,这点树,那一片林梢,那一抹轻雾,真只有王麓台那野狗干的画得出。"沈从文和这位朋友坐汽车到桃源去时,看着薄雾里错落有致的平田、房子、树木,朋友便说了这些话。"野杂种""狗养的""野狗干的"是"粗",而"简直是画""这点山头、这点树、那一抹轻雾"就显然是"细"了。一个喜欢说粗话的人,心思也会细到留心大自然中的一丝丝景致,并且将其比成画作,想到画家,可见此人是留心生活善于观察的。"如今见我业已注意,充满兴趣的看车窗外离奇景色,他便很快乐地笑了。""很快乐地笑了"像一个小孩子一样,这是多么可爱的形象啊!谁能想到一个满嘴粗话的中年人还这么体贴细心地想要照顾旁人的感受!但如果只是描写这人细致的一面,删去了那些戏谑俏皮的"粗话",他给人的印象便不会那么深刻了。糅合了雅兴与俗趣,才使他变得更加鲜活。

说粗话的曾姓朋友带有军人的勇敢与爽直,说起粗话来也更加豪放不羁,常常破口大骂。看到喝醉酒的镇关西随便往门外扔爆竹,他二话不说就要去让镇关西长点儿记性:"这狗杂种故意吓人,让我们去拜年吧。"拍门的时候和气异常,一开门朝镇关西鼻眼间就是重重的一拳:"狗肏的,把爆竹往我头上丢来,你认错了人!老子打了你,你有什么话说,到中南门河边送军服船上找我,我名曾祖宗。"后来这位朋友还真在腹部临时缚了一个软牛皮大抱肚,选了一

---

① 沈从文:《沈从文全集》第11卷,北岳文艺出版社,2002,第239-240页。

块很合手的湿柴,预备这屠户来说理,外表雄壮实则内心也憨真如一个孩童。而有了这份粗,才能把他们心中的细与柔衬托得更加到位。"从他口中说出的每个女子,皆仿佛各有一份不同的个性,他却只用几句最得体最风趣的言语描出。我到后来写过许多小说,描写到某种不为人所齿及的年轻女子的轮廓,不至于失去她当然的点线,说得对,说得准确,就多数得力于这个朋友的叙述。"①不常被人谈起的女子往往是有失特色的,而在他口中也能一点即现,用最简洁的话语描摹出人形,与众不同的视角、粗中藏细的观察让其人显得更为有趣,正如沈从文所写:"一切粗俗的话语,在一个直爽的人口中说来,却常常是妩媚的。"②这"妩媚"一词便很巧妙地概括了这类人的特点。

最后,沈从文笔下的脏话还展示出了湘西的民风民俗。沈从文作品里的"粗话"有一部分是出自湘西的民谣方言,在欣赏湘西民谣中美妙的韵律文字之外,我们还能借歌词中的粗话看见湘西那淳朴奔放的民风民俗。

沈从文在《从文自传》中说:"不拘说到什么人,总得说:'那杂种,真是……'这种辱骂并且常常是一种亲切的表示,言语之间有了这类语助词,大家谈论就仿佛亲爱了许多……如果见面只是规规矩矩寒暄,大家倒以为是从京里学来的派头,有点'不堪承教'了。"在湘西,这样粗野不拘的叫法反而是增进人与人之间感情的妙药,即使在父子兄弟之间,也少不了粗鄙字眼儿的使用。湘西地域偏僻封闭,生产方式也较为落后,使得湘西保留着古朴的原始美与自然美,人与人之间的关系也更加纯粹与直接,没有城市里"风雅人"的派

---

① 沈从文:《沈从文全集》第11卷,北岳文艺出版社,2002,第333页。
② 沈从文:《沈从文全集》第11卷,北岳文艺出版社,2002,第333页。

头,说话表达更加干脆爽快。在这样的文化心理下形成的爱情观格外坦率、开放,带有乡野气息的挑逗歌谣也应运而生。据《荆南苗俗记》,女方先唱歌以引诱马郎,歌毕,男方再附和,词极谑,女方有心许者,便一同携伴回家。这种自由的择偶社交活动形式,区别于传统的婚姻伦理观念,让青年男女们有了更多的机会来直接地表达自己对异性的爱慕之情。

三、沈从文笔下"粗话"的艺术张力与文学意义

关于粗话算不算是一种文学语言,具不具有文学性,历来争议是比较大的。有些人认为文学的规范性与教育性不允许粗话在文学作品中出现,粗话给文学造成的只能是"污染"。比如,吴崇厚在《脏话与文学语言》中认为,脏话都是民间口语里的糟粕,是语言的垃圾,既谈不上规范化,又不可能有艺术感染力,因此不应成为文学语言。但是越来越多的学者开始用辩证的眼光看待粗话与文学的融合,在明确表示粗话不能泛滥的同时,肯定了粗话的适当使用对文学的贡献。语言学家徐家祯指出,"脏话"是客观社会上存在的,不管反对与否,就是有一部分人在讲。文学作品要描写反映这类人,就不得不将这些话写进作品中去,否则人物性格就难以刻画。沈从文在《辰河小船上的水手》中也又说道:"这些人说话照例永远得使用几个粗野字眼儿,也正同我们使用标点符号一样,倘若忘了加上去,意思也就容易迷糊不清楚了。这样粗野字眼儿的使用,即在父子兄弟间也少不了。"因此,粗话在营造作品的真实感方面起到了较为关键的作用。

从古至今的一些文学著作中,舍雅趋俗用"粗话"的例子也并不少。事实证明,适当的粗话反而可以增加文学语言的张力和弹性。

"张力"是艾伦·退特在《论诗的张力》一文中提出的,罗吉·福勒进一步把"张力"界定为"互补物、相反物和对立物之间的冲突和摩擦",认为"凡是存在着对立而又互相联系的力量、冲动或意义的地方,都存在着张力"。当粗话进入文学语言后,便和书面语形成了对峙,恰当的穿插便会使其产生相得益彰的效果。余光中在评价现代散文的时候论到"弹性",认为所谓"弹性",是指这种散文对于各种文体各种语气能够兼容并包融和无间的高度适应能力。文体和语气愈变化多姿,散文的弹性当然愈大;弹性愈大,则发展的可能性愈大,不至于迅趋僵化……有时候,在美学的范围内,选用一些音调悦耳、表情十足的方言或俚语,反衬在常用的文字背景上,只有更显得生动而突出。[①]以《柏子》为例,在描写柏子和妓女见面前,沈从文用了大段平缓的文字描述这些人的生活,文字如棉质般舒适平稳,音节匀称,且以长句为主,节奏缓慢,娓娓道来。这是作者笔下经过文字修饰过的湘西世界和人民,含着沈从文对湘西的眷恋与追忆,读者便是跟随着这诗意婉转的文字漫步于湘西。"悖时的!我以为你到常德被婊子尿冲到洞庭湖底了!""老子把你舌子咬断!"待到柏子开始和妇人对话后,节奏陡然变得欢快起来,相思惹来的急切,一改之前行文的平稳舒缓,一句一感叹号的节奏以及直白的句义让读者由刚才慢悠悠的心境中苏醒过来,回到现实的湘西世界,亲临对话的语境。仿佛吊脚楼上的妇人不只是文字述说的那样风情脉脉、身姿纤弱,水手语句间的阳刚狂放又仿佛和"要人怜悯"没有任何关系,读者的情感在文学世界和现实世界中起伏畅游,思维也由此变得更加自由,更能去体会那些被作者融注在湘西人民身上的同情、关心以及湘西人民本身倔强的生活姿态。最终,便形成了大雅大俗、亦

---

① 余光中:《余光中集》第4卷,百花文艺出版社,2004,第161页。

庄亦谐的张力效果,既防止了行文的呆板,又不至于太过松弛,错落有致,充满了节奏感。

要形成艺术张力,数量的把控也很重要,不能雅俗不睦。沈从文文章中的粗话往往都用得恰到好处,很好地体现了沈从文文学语言观中的"谨慎"原则。沈从文在《论技巧》一文中写道:"就'技巧'一词加以诠释,是'谨慎处置',是'求妥帖',是'求恰当'。一个作者下笔时,关于运用文字铺排故事方面,能够细心选择,能够谨慎处置,能够妥帖,能够恰当,不是坏事情。"[①]在沈从文的作品中,当"粗话"中的字词过于粗鄙露骨,涉及人体器官等时,沈从文直接用"XX"代以表示。比如:"谁来割我的XX""你一条XX换一只母鸡""你个狗就见不得河街女人的X""命好早X出了孩子"。在作者营造的这如乌托邦般美好的地方,当然是不容许太多粗鄙字眼儿出现的。沈从文在许多处地方直接不写出具体的粗话内容,而是笼统地一带而过,比如"骂来骂去""连骂带唱""使用了一大串野蛮字眼儿"等,减少了具体"粗话"的出现。这都使得粗话与书面语相结合时能够张弛有度。

沈从文笔下的粗话数量不多,不扎眼,它们没有出于滥施淫威的强暴者之口,也没有用来传达厌恶轻蔑的态度,大多数笔下的粗话都是人们在生活中自然的情绪抒发,它们不仅有助于表现湘西的原生态,还在人物形象的刻画上立了功。沈从文将粗话融进了文学语言中,使俗趣与雅兴相糅合,巧妙调节了文章中的语言节奏,给人带来的是另一番享受。当我们只把注意力集中在"粗话"的字眼儿是如何脏,文学语言是多么高雅规范时,我们便否认且忽视了粗话在具体情境中对文学语言的丰富意义。

---

① 沈从文:《沈从文全集》第16卷,北岳文艺出版社,2002,第471页。

在沈从文充满含蓄与柔情的文字间寻找"粗话",使我们更近距离地感受到其文笔下文字的魅力。沈从文对粗话的谨慎使用与恰当选择,点染出了更加鲜活的湘西。

参考文献:

[1][澳]露丝·韦津利.脏话文化史[M].颜韵译.上海:文汇出版社,2008.

[2]吴崇厚.脏话与文学语言[J].社会科学,1987(1).

[3]徐家祯.艺术语言及语言污染——提倡语言美的我见之四[J].汉语文学,1986(4).

《丰乳肥臀》的母性建构与主体遮蔽

王恒

西南大学文学院

摘要：莫言的小说《丰乳肥臀》以母亲上官鲁氏为叙述中心,通过对作为社会缩影的上官家族历史迁迭的叙写,以及对原型意象的融汇拼接,建构书写出母性的崇高与神圣。而在价值中心陷落与怀疑情绪弥布的当下,莫言在文化本体层面上对母性神圣的宣示,无疑具有突围的意味,意在为我们无处栖身的价值焦虑确定一个熨帖的情感居所。但是,莫言在对母性的符号化改造中,符号性的象征功能又遮蔽了其对自我指涉的意义,造成文本中母亲主体的遮蔽与自我现实的迷失。

关键词：《丰乳肥臀》；母性神圣；解构；建构；主体性

一、母性建构：原型与历史言说

荣格认为,原型是"一种种族的记忆","是人类长期心理积淀中未被直接感知到的集体无意识显现,因而是作为潜在的无意识进入创作过程的,但它们又必须得到外化,最初呈现为一种'原始意象'"①。论及原型往往离不开对宗教现象与原始神话的追溯和检视,所有远古的图腾崇拜、禁忌仪式、宇宙形象等种族记忆都一直潜流于人类的精神暗河里,并以稳固而隐秘的象征形式定格于我们的集体无意识中,故而原型也被荣格认为是控制和决定艺术创作的具有隐喻性和重复性的存在。莫言的母性书写借力于历史记忆与民族文化,拓印于文化底层的母神原型意象是他建构母性的强大话语力量。我们可以很明显地察觉到生殖崇拜观念与女娲创世救世情结在《丰乳肥臀》里的赓续。无论是"丰乳""肥臀"等词汇对性的暗示强调,抑或是上官鲁氏生养九个子女的旺盛生殖能力,甚至是上官金童近乎偏执畸态的"恋乳"情结,都体现了生殖崇拜所整合的最基本的两个内核——原始本能与生命意识,而这些都与女娲"抟土造人"的神话有着隐喻式的呼应联系。同时,揆诸上官鲁氏对家族的奉献精神也不难看出女娲神话原型的投映。上官鲁氏独自承负着繁衍庇佑家族血脉的重任,于乱世末景的历史漩流里求得家族的苟活,写就了波澜壮阔而又艰深悲苦的乡土秘史与民族苦难史。这些都表征了寓于母性深处里的"女娲"补天救世式的悲悯情怀与责任担当。

莫言说《丰乳肥臀》中"肆无忌惮地使用了与我母亲的亲身经历有关的素材,但书中的母亲情感方面的经历,则是虚构或取材于高密东北乡诸多母亲的经历"②。所以,《丰乳肥臀》的母性写作是诉诸现实原型的,而并非纯粹的艺术构想。莫言将母亲与乡土生活里的生命经验寄写于上官鲁氏的小说形象中,并将中国传统的关乎母亲

---

① 朱立元主编《当代西方文艺理论》,华东师范大学出版社,2005,第168页。
② 莫言:《讲故事的人——在诺贝尔文学奖颁奖典礼上的讲演》,《当代作家评论》2013年第1期。

的美好道德品质都收容在这一形象符号内。也正是由于现实原型与传统话语的对接,《丰乳肥臀》中母亲的形象既从现实真实中获取了跃然纸外的表现张力,又在我们的集体意识与文化记忆里得到了对于母性精神的体认,从而突出了母性旺盛的生命力和受苦奉献的品质。值得注意的是,无论是母亲与马洛亚牧师的结合,或是母亲临终去教堂听经的意味深长的一笔,我们都能在《丰乳肥臀》里发现很明晰的西方基督教的文化印记。可见莫言并未滞留于传统与现实的表现领域,还将西方经验与本土文化融汇,使母性写作的笔触延伸至更为复杂的原型意象里。"《丰乳肥臀》中母亲形象的创作亦充分借用了圣母喂奶的原型意向,契合了人类古老的圣母信仰主题,亦大大增强了小说的丰厚意蕴与艺术感染力。"①除却东方"女娲"的神话原型,莫言在母性的建构中也有意地整合了圣母玛利亚的宗教内涵,并借助基督教的宗教文化为母性神话重建提供了更多的可能性,如"原罪""苦难""救赎"等宗教理念都被糅合在上官鲁氏的一生里,成就了上官鲁氏附有宗教色彩的神圣性。因为神话原型、现实原型、宗教原型在文本中的相互渗透对话,莫言将现实性与超越性拼合在母性书写中,建构出了涵融着现实意义与神圣品性的母亲形象。

在《丰乳肥臀》的母性建构中,除却作为底层叙说机制的原型意象外,我们还看到了莫言对更为直达纵深的历史言说的征用。小说从未抛弃"叙史"的传统,关于时代变革、社会面貌、历史事件的叙述与呈现向来便是小说创作的重要叙事模式与创作追求,许多现代作家都将自身的艺术目的寄寓于历史和文学的纠缠中。但这种写作范式往往向宏大叙事与"正史"靠拢,力图呈现出线性的、具有历史检视意味的滚滚潮流,传统与革新、进步与保守等二元对立的尖锐

---

① 李晓燕:《〈丰乳肥臀〉中母亲形象创作原型探源》,《文艺争鸣》2017年第2期。

冲突成为最核心的文本支撑与表现领域,以至于意识形态色彩与教化功利性都较为突显。而检视《丰乳肥臀》的文本,莫言笔下的"史诗"也是"叙史"传统的延续,不过更像是诡谲荒诞的稗官野史之说。"他关注的大都是边缘的、民间的、日常的、琐屑的历史;他也无意构设历史变迁的大场景,感兴趣的是那些能唤起原初激情及想象的人性与欲望的场景。"①他的笔触避开了宏大庄严的主流与中心转而向原始隐秘的历史深处延伸,庸俗琐碎的人事取代了英雄伟绩,逼仄狂野的乡缘秘史掩盖了"大历史"般的历史言说。这种奇特的历史体验让我们感受到更为贴近原生态的真实性,也让莫言笔下的母亲形象在"野史化"的叙写里获得了粗粝的质感。

莫言通过对作为社会缩影的上官家族的历史迁迭的叙写建构了收容着民族苦难与乡土流变等话题的文学空间,苦难是其历史言说里最为核心的叙事机制,在一系列的浩劫中一段段历史得以串联,母亲的形象也更趋丰满。而文中的苦难事件既有政治变革下的社会动荡,也有物质匮乏时的饥馑荒年,但更多的则是关乎生存生活的伦理与道德的苦难。揆诸对上官鲁氏的非欲望化的身体书写,我们应该抛却"卫道士"般的道德审视而代以对伦理现实的检视来看待其乱伦与滥交的根源——上官鲁氏这些行为的背后潜伏的是庞大的父权文化,乱伦与滥交也不是身体欲望的写照而是为传续香火的伦理现象。这种盼子求嗣的香火观念是男本位文化统辖的重要文化内核,而就此而言"借种"其实是女性屈服于父权话语暴力的反伦理行为,是女性受父权文化规约的畸形的生存现实。这种带有悲剧性质的伦理苦难是最具表现张力的苦难,因为莫言将作为母亲

---

① 温儒敏:《莫言历史叙事的"野史化"与"重口味"——兼说莫言获诺奖的七大原因》,《中国现代文学研究丛刊》2013年第4期。

最为重要的生殖与养育职能书写都源自文化伦理的苦难境地。母性因为生育功能在生殖崇拜、民族延续的意义层面上是神圣而崇高的,而父权文化与封建伦理观所裹挟的暴力却冲击戕害了母性神圣的尊严,这种来自文化内部的冲突与悲剧指涉了历史自身的复杂多义,也加深了母性书写的表现力度。除却伦理道德的苦难外,宏观的经济政治苦难是历史书写里更为突显的部分。抗日战争、"文化大革命"、饥荒洪灾等苦难都成为母亲携领家族生存的阻碍,上官鲁氏却以一人微薄之躯默默地承负了所有的绝望、噩梦、危难,庇佑携领整个家族跋涉于风雨血泪里。骇人可怖而又沉重艰深的天灾人祸是整个民族的创伤,而当母亲以个人的力量承负一切时,历史里硌人尖锐的碎片便柔和下来,渗透积淀为母性最厚实与坚韧的力量,为母性建构予以了更为坚实而复杂的内涵。

二、传统与突围:母性神圣的"复出"

"母性崇拜"是中国根深蒂固的一种文化情结,最早或可溯源至远古的生殖崇拜与原始神话,其深厚博大的文化意蕴滋养了整个民族的精神命脉,也铸就了民族记忆里最深刻的神圣图景,甚至成为中国文化本体层面上的一种特质与精神底色。"在几千年的父权社会中,母性崇拜这种起源上较为古老原始的文化情结非但没有被遮蔽被驱除,而且已成为中国文化话语中核心的和主体的部分。"[①]我们很难忽略"母性崇拜"在历史文化中强大的生命力与话语力量,同时也注意到这种源远流长的人文情愫自始至终浸润着我们的文学世界。作为经久不衰的文学母题,关于母亲、母性的书写从"女娲"的原始神话迄今便赓续不止,特别是"母性崇拜"里宗教式的神圣性

---

① 仪平策:《母性崇拜与父性崇拜——中西方异质文化范型溯源》,《学术月刊》1996年第10期。

成分与狂热的情感经验都或隐或显地流露于母亲形象的书写里,在炽烈的伦理情感与强大的文化惯性共同作用下,我们总是将母性与无私、仁厚、奉献等辞藻联系起来,形成了原型色彩浓厚而近乎偏执的集体无意识印象。

从性别批判的视阈来看,许多人都认为中国传统文化里的"母性神圣"是父权文化所圈定的话语陷阱,在继承和发扬母性的过程中,母亲们浑然不自觉地渐渐陷入父权制文化为女性设定好的性别角色泥潭中,从而将父权文化价值自觉认同且加以内化为自己的人生信条。关于母性想象的共识虽有部分是母亲自发性的伟大所在,但更多的是父权话语与封建道德共同规训而成。如"孟母""岳母"式的"相夫教子"母亲形象,实则始终是服务于父权的价值规范,所谓的母性神圣映射了父权制度强加给女性的道德逻辑。而随着"五四运动"掀起颠覆封建传统、传播启蒙思想的革命浪潮,母性才从道德枷锁与性别权威中得以解脱,并在与人文主义、启蒙话语的耦合里得到了新的神圣性宣示。"五四"时期出现了大量讴歌、赞颂母亲的文学形象,其中尤以冰心式的"圣母"形象为代表。冰心、苏雪林、冯沅君等女性作家都在自己的文学作品中不厌其烦地讴歌母爱的崇高与圣洁,成就了当时拼接现代化革新与性别解放两个重要命题的一次文学大合唱。总的来说,如若摈弃"五四"时期母性讴歌里功利性的成分,我们大体能够从中看到母性的神圣内涵在文化命脉里的流传与变革,并惊喜地看到母性书写在封建成分剥离后并未无所适从,反而从现代呼声里获得了更为厚重的生命力与感染力。

值得注意的是,自"五四"时期以降,母性书写也出现了分野,讴歌式的主流环境外出现了另类的"反叛者",其中尤以张爱玲为代表。她在《金锁记》中用庸常化、世俗化的笔调书写了母亲,将母亲形象从神圣的祭坛拉向真实而阴冷的私人角落,形成了惯以阴暗侧面消解母性神话的写作范式,在丰富母性写作表现领域的同时也冲击了"母性神圣"的主流话语。而在随后的十七年文学及"文革"文学中,蛮横的政治暴力与意识形态标语挤压同化着其他文学命题的表达空间,母亲的价值内涵也被规约窄化在革命与阶级的政治范畴里,母性的崇高与神圣在政治权威的倾轧里支离破碎。而不同于以往个人书写的反叛或政治话语的遮蔽,母性书写的神圣性在20世纪80年代中期传入的现代主义思潮里得到了彻底的消解与颠覆。"滥觞于西方现代社会普遍自我生存危机中的现代主义思潮,在80年代中期进入中国,现代主义那种对自我世界的无边的怀疑和无限的反抗态度、弗洛伊德精神分析学中的三大发现所给人的类乎那尔喀索斯式自恋的致命打击,以及由此引发的西方人对文艺复兴时代那种认为人是宇宙间至高无上的杰作的人道主义理想的普遍放弃,都强烈颠覆了中国作家心目中关于人的神圣图式。"[①]在现代主义思潮的冲刷下,作为价值中心之一的母性主题自然无可幸免,在铁凝、王安忆等作家的笔下,对母爱的讴歌被对传统母亲的反思和解构所替代,母亲的真实形象从层层的语言包装与文化惯性里被剥离出来,母性也由神圣与崇高的神坛跌落到欲望化的书写范式或血淋淋的道德剖解里。

莫言说《丰乳肥臀》"实际上是献给天下母亲的,这是我狂妄的野心,就像我希望把小小的'高密东北乡'写成中国乃至世界的缩影

---

① 徐绍峰:《颠覆与重写——近期小说中母亲形象变异的意义》,《江苏社会科学》1994年第1期。

一样"①。莫言创作《丰乳肥臀》的初衷始终是在与历史和乡土对话中叙写一位伟大的母亲,他的母性书写更像是20世纪三四十年代的"大地母亲""苦难母亲"的延伸,不过不同于萧红的《生死场》、丁玲的《母亲》等小说里母亲是以民族创伤和爱国意识的载体出现的,《丰乳肥臀》所设置的历史背景与乡土空间则更多地表现为一种叙事机制。上官鲁氏不像一段历史碎片的诉说者,而更像民族文化本体层面上的"母性"本身。就此而言,莫言不是从性别批判与价值解构的立场出发来书写母亲,也不是在写一个私人化的、具体的母亲,而是以饱含历史文化厚重感的笔墨来构建一个民族的母亲形象,并或多或少地与传统话语对话,借助潜在的道德力量与集体认知来完成母性书写传统与现实的对接,通过对母亲的生命体验的认同与体认来"复兴"母性的伟大与崇高。在母性神话消解的前置语境里,莫言的"野心"显然别具意味。虽然他大胆地在母亲形象的塑造里运用了欲望化写作和身体叙事的笔法,却并未随着价值解构思潮带来的文学狂欢去颠覆"母性"里崇高神圣的内在成分,而是从更博大深邃的民族记忆而非私人经验里回忆还原"母性",并将母性崇高与否的问题置放在对文化命脉与民族血统如何存延的追问中——没有上官鲁氏这样的母亲的哺育,没有如此宽厚博大的母性提供支撑,一个民族在艰险的历史漩涡里显然是无以为继的。在价值中心陷落与怀疑情绪弥布的当下,《丰乳肥臀》中对母性神圣的宣示正像是一面温情脉脉的旗帜,承续高扬了文化传统里的人文关切与伦理情感,又在宏大的民族生存寓言中寻到了坚实的锚点,从"后现代主义"的重重迷雾里突围,重现了人性价值的曙光,于不确定性与漂泊

---

① 莫言:《讲故事的人——在诺贝尔文学奖颁奖典礼上的讲演》,《当代作家评论》2013年第1期。

不定的否定里为我们无处栖身的情感焦虑找到了一个熨帖的栖身之所。

三、主体遮蔽：失去自我的母亲

正如前文所叙，莫言笔下的母亲主要来自民族记忆与文化传统而非私人经验，他叙写的母性不单是在指陈我们通常所谓的自然天性或者伦理情感的那部分，而更多的是在探讨民族文化本体层面的"母性"本身。这意味着在母性书写与民族寓言的互文叙事里，母亲的形象虽然看似在庸常琐碎的生活里寻求落点，但它实际上是在生活表征、历史言说、文化隐喻交织的话语"力场"里辗转跋涉，并最终指向了语言背后更为深沉宏伟的意义空间。也正因为如此，在宏大的叙事目的之催逼下，母亲成为收容着诸多意蕴层次的文化符号，可其符号性的象征功能却遮蔽了其对自我的指涉意义，这便造成了母亲文本表现的失衡：作为一个符号的上官鲁氏成功地以文化隐喻的方式写就了一个宏大的民族寓言，而与之相对的则是她对自我生活的主体性诉求始终呈现为隐匿失语的状态。

作为《丰乳肥臀》里最具寓示性与象征意味的一笔，上官金童的"恋乳"情结所涵融的隐喻信息是含混而复杂的，甚至可以说莫言寄写于文本的所有隐喻都在其中有所彰显。首先"乳房"的文化符号直接指向的是蓬勃的原始欲望与生命活力，也就是说"恋乳"情结最为显著的象征就是对生殖崇拜情结的具象化重现。而从当代大众文化与后现代主义的角度来阐发，上官金童对"乳房"的依赖和迷恋又被可视作消费时代对性与乳房的低俗化追求。这些象征意义在《丰乳肥臀》后半段纸醉金迷的当代生活语境里尤为凸显。同时，我们也可在"恋乳癖"中发现"文化寻根"思潮的映照，或者说从中觅寻到莫言"寻根"情结的踪影。"乳房"给我们留下的是母体原初性与生长性的那部分经验印象,而这种经验的内在特质同样能在作为文化母体里的传统文化与民族性记忆中谋求到某种契合与呼应,故而上官金童对"乳房"的眷恋与执求恰恰反映的是我们对民族文化本体与根脉的回溯和体认。总的来说,"恋乳"情结在《丰乳肥臀》中正是莫言笔下文化隐喻与民族寓言的凝聚符号,而"恋乳"情结又往往是与母亲捆绑在一起的。这种俄狄浦斯式的重申意在强调母亲与"恋乳"情结背后的符号意义的联系,或者说是"恋乳"情结蕴含的文化分量与宏大意图其实就压在"母亲"身上,以至于我们只能看见母亲形象里文化的、民族的、历史的意图,却难以看到母亲自身的主体性诉求。

此外,母亲的主体性诉求很大程度体现在其作为一个女性的诉求。在文本中母亲主体性的遮蔽与自我现实的缺失也具体地呈现为母性符号对女性个体的规束。通常来说,母亲的意义范畴整合了"女性"和"母性"两个层次,并且一个母亲首先是作为一名女性而存在的,这也意味着"女性"在"母亲"的概念结构里的统摄地位。可在《丰乳肥臀》中,莫言在母亲形象的重塑与书写中却有意地强调了上官鲁氏的母性职属,而隐略了其女性的本体。这主要体现为莫言过度地强化了她作为性别角色的母性的家庭功能,让其始终留守在母亲的家庭责任中,却几乎未将笔触探入其幽微的内心世界,也甚少对母亲自我存在性的挣扎与冲动保有应有的关切。在《丰乳肥臀》的补遗里,上官鲁氏的形象一别正文里的崇高与温厚,而在失贞、乱伦、滥性、野合等触目惊心的身体书写里被莫言颠覆性地重塑和"欲望化"。显得吊诡的便是,莫言对隐微、私密的母亲生活的披露似乎与正文寓写的"母性神圣"呈现为对抗冲突的关系,并且似乎在一定程度上凸显出母亲除了母性职守外的自我性的一面。可联系前文所叙,显然并非如此。上官鲁氏"借种"的行为并非为自我性的欲望所驱使，更不是自觉的主体性诉求，反而是受到外在的父权文化与香火观念统辖支配下的非自主行为。这也造就了一种文化伦理上的苦难，加大了母性书写的表现力度。作为对比的是，我们可以看到以上官来弟、招弟为代表的女儿们所表征的散漫而野性的女性侧面，她们不再指向上官鲁氏沉重而肃穆的文化底色，甚至极端地抛弃了自身的母亲责任，或偏执，或疯癫地为了自身的欲求而奔走呼号，大胆地将内在的政治野心或爱恨情欲宣泄投射到现实中来。正是在这种对比中，我们看到了一个女性自我实现的更多可能性，也看到了莫言笔下的"母亲"如何在文化符号与性别责任的绑架中沉默失声，逐渐失去了自我的事实。这不能不说是莫言的遗憾。

论沈从文《边城》创作中的文学"张力"

何月楠

西南大学文学院

摘要: 20世纪30年代,沈从文的《边城》于战火纷飞中问世。与衰败的现实不同,他笔下的这座小城如同《桃花源记》里的那个世外桃源,充满着美的力量。通过对小说中人物的塑造和故事结构的安排,沈从文制造出了文学世界与现实世界的巨大"张力",但在总体上又保持了统一、和谐的样态。本文意在通过对人物塑造、故事结构层面的分析,探讨贯穿于小说《边城》中的文学"张力",并由此探寻作家沈从文内心的创作"张力"。

关键词:《边城》;沈从文;文学"张力"

一、人物塑造的"张力"——从不同到相同

在文学作品中,作家在人物塑造上是有"张力"的,人物设置本身的差异性,人物内心性格的矛盾,都将使人物的塑造更加立体和生动。《边城》亦是如此。沈从文在人物塑造中制造了差异性,却又一一抹平,他将这种文学"张力"贯穿在人物塑造中,从而塑造出了

翠翠、傩送、老船夫等经典的文学形象。

(一)人物身份差异产生的"张力"

沈从文在设置人物身份时是有"张力"的。他们有着不同的身份，生长环境不同，家庭关系不同，可以说他们是不同世界的人。码头的船总顺顺以及顺顺家的天保、傩送，他们的生活在那个小城中可以说是小康水平，算是比较优渥的。而女主人公翠翠居住在偏离小镇的白塔旁，与自己的祖父相依为命，靠渡船为生。男女主人公之间在身份上是有差异的。除此之外，还有王团总，他可以轻而易举地就拿出一座崭新的碾坊作为女儿的嫁妆，而老船夫在物质层面恐怕只能拿出一条破船。这些人物的身份上是存在"张力"的，可是，在沈从文笔下湘西水乡那个世界里，傩送与翠翠可以相爱，傩送可以拒绝碾坊而要破船，可见这其中的差异是没有造成隔阂的——这种差异被沈从文抹平了。这些身份各异的人，其实也是同一个世界的人，同处桃花源中。

(二)人物性格差异产生的"张力"

一个饱满立体的人物形象，其性格是丰富的。反过来，通过性格的反差和矛盾也能塑造出更为立体的人物形象。《边城》中塑造了大大小小各色人物，他们生动、纯净又质朴，接下来以翠翠、傩送和老船夫三个人物为例，分析沈从文笔下因人物性格差异而产生的文学"张力"。

沈从文笔下的翠翠是个如水般灵气的女子，她有着直面自己内心感情的勇气，也有女子的娇羞，她迫切地想要见那个自己心爱的少年，也害怕惹得他人非议。

小说中翠翠与傩送的第一次相遇就反映出翠翠刚强的个性。当傩送提出要翠翠去他家楼上坐坐，被翠翠误以为他指的是妓院时,翠翠便骂道"砍头鬼"。翠翠虽然生长在这个封闭的边城,却不似传统的女子,她的性格里天生就有一种纯粹的勇气。有着刚强性格的翠翠是个直面内心感情的人。因为第一年端午翠翠与傩送的相遇,翠翠第二年端午便盼着能够与心中念念不忘的他再度相遇。她直面内心的选择,再次去镇上看端午,不料却突然下起雨,于是翠翠与祖父来到船总顺顺家避雨。情窦初开的翠翠多么想见到去年河边那个抓鸭子的少年,但不巧的是傩送不在家。翠翠垂头,心中有些许落寞和失望。又一年,祖父把酒壶落在镇上,傩送来送酒壶,本在屋里的翠翠喜不自胜,她跑出去渡船,并且答应了傩送要去看龙船。端午佳节,人人都来赴这一场盛宴。翠翠站在楼上看他,他也知楼上有翠翠的注目。他是众人眼中闪耀的少年,所以翠翠才在听到众人谈起傩送喜欢一个渡船家的女孩儿时突然跑开。

翠翠的刚强与娇羞产生的"张力"不仅不矛盾,反而将一个天真无邪、情窦初开的少女描写得活灵活现。

在一段爱情里,翠翠如此,傩送又何尝不是这样呢!

尽管傩送是个不善言语的人,可是遇到了翠翠,一切都显得不一样起来。傩送直面内心的感情,拒绝当王团总的女婿,不要碾坊陪嫁,哪怕继承一条破船,他也要跟翠翠在一起;哪怕跟自己哥哥去山上唱歌,他也绝不回避。可是,当天保选择放手,意外去世后,傩送却因天保的死而责怪自己,选择远离茶峒,逃避这份沉重的爱。

傩送这个人物在性格上也是有"张力"的,从他面对爱情的矛盾、他自身的抉择都可以看到他的内敛与热情、他的执着与放弃。

而相比于翠翠、傩送两个年轻人性格上的"张力",老船夫的性格可以说是不同于其他人物的"张力"的存在。

他曾说过一句话:"怕什么?一切要来的都得来,不必怕!"这就直接体现了他的坚毅与勇敢。老船夫的整个人生不可谓不悲切。十七年前,当他的独生女背着自己与一名驻防的士兵恋爱,有了小孩子后,他"却不加上一个有分量的字眼儿,只作为并不听到过这事情一样,仍然把日子很平静地过下去"。后来,士兵死于暴病,女儿殉情,他又负起了抚养外孙女的责任。他充满着力量——那些苦难,那些不幸,他都一一受下——他大概是最坚强的老人了,绝非身体上,更在于他勇于直面一切的人生态度。

二、故事结构的"张力"——和谐与不和谐的统一

沈从文笔下的这个故事如同那湘西的水,潺潺地流淌,但每一处的流动都有着冲击,和谐之下也暗含不和谐。在《边城》中,沈从文对故事中人物命运的安排充满冲突,而冲突带来的文学"张力"令小说具有了更大的可读性。

在这段爱情里,三个年轻人的命运走向是充满"张力"的。

天保老是在人前说翠翠好,别人问他,他便说他要翠翠。傩送也拒绝当王团总的女婿。他俩直面自己的爱情,把话挑明了。老大说这爱是两年前就已经植下根苗的。弟弟微笑着把话听下去,却告诉哥哥,他爱翠翠是三年前的事。这是作者设置的第一重冲突,兄弟二人都喜欢上了翠翠,这看起来似乎是不和谐的。接着,他们采取唱歌的方式公平竞争自己心爱的人。小说中这一情节的设置则是第二重冲突,而这一次的冲突却将上一次的不和谐弥合了,把三人的爱情故事发展推向高潮。这里的情爱纵然是争夺,也是充满着美的意味的。兄弟二人没有争吵,没有算计,只是用纯净而质朴的歌声以表心中所爱。沈从文做到了从不和谐到和谐。然而,当我们沉浸在这样一种纯爱的氛围中时,沈从文仿佛是故意安排一般,在他的笔下,第三重冲突又来了。天保在得知翠翠心意后,选择回避,他出走小城,却惨遭意外;傩送得知哥哥的遭遇,心怀愧疚,也选择离开小城,回避这段掺杂着太多情感与过错的感情,留下翠翠一个人。在这段爱情中,天保最终不幸去世,他的故事戛然而止;而傩送与翠翠的命运又充满未知。他们最终又当如何?那么第四重设置其实也就在各位读者的心中了。"他可能会回来""他可能不会回来",也许每个人的心中都有一番想象。纵然傩送与翠翠的爱情故事有不少坎坷,小说最后的留白却将其置于一种和谐之中,白塔旁的那个思念心上人的少女和湘西的风光一起留在了每位读者的心中。

三、作家自身的"张力"——理想与现实的矛盾

沈从文在文坛一直饱受争议,就如《边城》。沈从文的作品一直给人一种沉醉的美感,然而也正是这种沉醉的美感被人批判不合时宜,被人指责是对民众的麻痹。沈从文是在看过了残破的故乡,告别了病重的母亲之后完成《边城》的大部分创作的。当他告别故乡与母亲后,回京迅速完成创作,将这部小说在《国闻周报》上连载。小说一经发表便引起了当时的广泛关注。不少文人认为《边城》是在软化民众的斗争情绪,沈从文也因《边城》受到了舆论的巨大抨击。在那样一个战火纷飞的时代,沈从文用柔软的笔触为众人勾画一个世外桃源般的湘西水乡,看起来的的确确是充满矛盾和不合时宜。

一方面,他自己宣称《边城》创作的是"与生活不相黏附的诗",可见在创作《边城》时,沈从文是赋予了很多理想色彩的。用沈从文自己的话说:"你害怕明天的事实,或者说你厌恶一切事实,因之极力想法贴近过去,有时并且不能不贴近那个抽象的过去,使之成为你稳定生命的碇石。"由此我们可知,他内心是痛苦的,他想要用文字逃避这个满目疮痍的现实世界。另一方面,他在与妻子的信中写道:"去乡已经十八年,一入辰河流域,什么都不同了。表面上看来,事事物物都有了极大进步,试仔细注意注意,便见出变化中的堕落趋势。最明显的事,即农村社会所保有的那点正直素朴人情美,几乎快要消失无余……"可见,他深切地感知到现实的变化,想要用自己的笔去反映现实,去触动现实。他也想为这样的现实做些什么,而《边城》的创作恰恰就是他面对现实所做出来的事情。《边城》怀念的是故乡的旧,实际上却落笔湘西的"现在"。

  沈从文认为社会到处是丑陋,"可是人应当还有个较理想的标准,也能够达到那个标准,至少容许在文学艺术上创造那标准"。正如他所说,所以他把这种理想放置到了文学世界中,他以一个真善美的边城,反照当时社会的黑暗,以一种和谐的笔触反照了当时社会的不和谐。他用理想包裹现实,以饱含诗意的语言给自己编织了一个梦,也给残酷现实中的人们编织了一个可以无尽沉醉与怀念的梦。文末,那座在暴风雨中倒下的白塔重新建造起来了,似乎是在告诉读者,虽然那场暴风雨中逝去的很多东西已经回不来了,但风雨过后,活着的人还是要继续生活的。

  在《边城》的创作中,文学"张力"的设置给这部作品带来了生机与活力。通过对人物塑造的分析,我们可以看到《边城》里的人物是具有多元性的,阶级上有王团总、顺顺、老船夫等身份阶级截然不同的存在,性格上有老船夫的坚持,亦有翠翠的刚烈与柔软并存。人物间的差异产生的"张力"交织贯穿在文本当中,但这种差异却被沈从文一一抹平,这些多元而又不同的人物反而制造了一种和谐的环境。《边城》文本的"张力"让我们看到一个个鲜活的人物形象和一段段起伏却不冲突的故事情节。我们同样看到沈从文自身身处那个战争年代的矛盾心理,感受他的求而不得,感受理想与现实在他身上产生的"张力"。

参考文献:

[1]沈从文.边城[M].武汉:长江文艺出版社,2014.

[2]沈从文.长河[M].北京:北京十月文艺出版社,2008.

[3]沈从文.沈从文文集[M].广州:花城出版社,1984.

《小坡的生日》新释

何元丽

西南大学文学院

摘要：关于这篇小说，讨论的中心似乎总是绕不开与"后殖民"相关的话题。在王润华先生《华文后殖民文学——中国、东南亚的个案研究》一书中，将这篇小说看作"中国最早的后殖民文本"；朱崇科先生曾经说要警惕这篇小说中"可能存在的文化殖民倾向和暴力复制操作"[①]；也有学者从华文教育观等方面来阐释文本。[②] 王润华先生的过度阐释笔者不能轻易认同，对于是否是"后殖民文本"本文还要再进行一番讨论，同时也将从"现代性想象"来解释"花园"意象。另外，对文中出现的"自我认同"本文也将一并阐释，力图"不偏不倚"。

关键词：反压迫与反殖民；现代性想象；语言与身份认同

---

① 朱崇科：《后殖民老舍：洞见或偏执？——以〈二马〉和〈小坡的生日〉为中心》，《中山大学学报》（社会科学版）2007年第2期。
② 吕挺：《例谈老舍的华文教育思想》，《文学教育》（下）2013年第9期。

一、"后殖民文本"?

(一)"我有一个这样的想法"

朱崇科先生对这篇小说做出警示的最大证据来源无疑是老舍先生在《我怎样写〈小坡的生日〉》中的一段话。另外,一些关乎"后殖民文本"的论断也从这段话逆推而来。

我也要写这样的小说,可是以中国人为主角,康拉德有时候把南洋写成白人的毒物——征服不了自然便被自然吞噬。我要写的恰与此相反,事实在那儿摆着呢:南洋的开发若没有中国行吗?中国人能忍受最大的苦楚,中国人能抵抗一切疾痛;毒莽猛虎所盘踞的荒林被中国人铲平,不毛之地被中国人种满了菜蔬。中国人不怕死,因为他晓得怎样应付环境,怎样活着。中国人不悲观,因为他懂得忍耐而不惜力气。他坐着多么破的船也敢冲锋破浪往海外去,赤着脚,空着拳,只凭那口气与那点儿天赋的聪明,若能再有点儿好运,他便能在几年之间成个财主。自然,他也有好多毛病与缺欠,可是南洋之所以为南洋,显然大部分是中国人的成绩。

因为这段话和其他的缘由,王润华先生再从文本中断章取义,便坐实了老舍这篇小说为"后殖民文本",再结合新加坡今日发展之现状,老舍又成为"花园城市"的预言人;而且许多像小坡的孩子还会"成长成为新加坡多元种族的好领袖"。朱崇科先生再根据他的启示,谨慎地提醒我们"要注意批判可能的文化殖民倾向与暴力复制操作",可是,究竟是不是"后殖民文本",我们恐怕还要经过一番调查取证才能得出结论。

必须提醒大家注意的是,老舍在写《小坡的生日》与在写这篇自白时，时间与空间已经发生了巨大的置换。《小坡的生日》写到第十二节老舍就已经离开南洋回到上海，而那篇自白原载于1935年11月1日《宇宙风》第四期。从小说后半部分也可以看出文章基本脱离南洋语境，它所表现的反倒和老舍刚到达的上海有颇多相似之处。那篇自白，距离整部小说的完成时间甚远，由此我们就不能不对它进行审视。

《还想着它》与《我怎样写〈小坡的生日〉》这两篇自白都在同时强调老舍原本想要"表扬中国人开发南洋的功绩"，但"没钱，没工夫"和母亲"常有信催我回家"，我偏离了原来的写作目的。《小坡的生日》的真正动机是：表面上写的新加坡的风景什么的，还有"以儿童为主，表现着弱小民族的联合"[1]。既然真正的写作动机老舍本人已经了然于胸，那么老舍为什么还要花大篇的笔墨写自己原来满腔的热血？或者这样问：老舍的两次强调是否有着其他的深意？

义和团运动爆发后，老舍的父亲在保卫皇城的战斗中阵亡，他们家也惨遭洗劫。"九一八"事变日本侵略者的铁蹄践踏中国，家丧国辱之痛再次深深地刺激了老舍。在1932年，他写了《猫城记》表达"对国事的失望，军事与外交上的种种的失败，使一个有些感情而没有多大见解的人，像我，容易由愤怒而失望"[2]。在《青岛与山大》《想北平》中都透露出老舍对于国家的忧虑。国家有难，任何一个有良心的文人都不可能熟视无睹，从新加坡回国后，再次经历帝国主义对中国的侵扰，这种感情更为强烈。"这两种认识就是我后来写作的基本思想与感情，虽然我写的并不深刻，可是若没有'五四'运动给

---

[1] 老舍：《老舍全集》第14卷，人民文学出版社，2013，第176页。
[2] 老舍：《老舍全集》第16卷，人民文学出版社，2013，第185页。

了我这点基本东西,我便什么也写不出来了。"①反帝与爱国贯穿于老舍小说创作的全过程,在两篇自白中被误定义为"后殖民文本"的部分,其实是老舍爱国情怀的大声表白,是面对帝国主义压迫时的极度愤慨,也是在面对民族压迫时一个有国格的文人展现出来的对战胜帝国主义国家的信心和胆略。此外,20世纪30年代的左翼文学对老舍的影响恐怕也不能够忽视。如若老舍先生将那两段被人指摘的话真正地转化为小说的主题,那么面对朱崇科先生的批评自然应该虚心受教,但是把老舍先生所想的等同于真正所做的,再断章取义,恐怕就值得我们思索了。

(二)"我真正所做的"——改变的原因在哪里?

老舍去到新加坡,一方面是因为囊中羞涩,另一方面是受到他的文学偶像康拉德的影响。在伦敦期间老舍创作了《二马》,"可是我一动笔时就留着神,设法使这些地方都成为揭露人物性格和民族成见的机会,不准恋爱情节自由的展动"②,应该说,老舍在伦敦的时候就已经体察到了西方国家存在的民族偏见,并且对此存在明显不满。"不管康拉德有什么民族高下的偏见没有,他的著作中的主角多是白人;东方人是些配角,有时候只在那儿作点点缀,以便增多一些颜色——景物的斑斓还不够,他还要各色的脸与服装,作成个'花花世界'。"③虽然嘴上说着"不管康拉德有什么民族高下的偏见没有",但是对于康拉德将东方人符号化和刻板化的做法还是存有"怨气",或许连老舍本人都没有意识到。他本来想在南洋以"康拉德式"叙述方式完成对康拉德的反抗,正是我们后来所说的反"东方主义",而

---

① 老舍:《老舍全集》第14卷,人民文学出版社,2013,第636页。
② 老舍:《老舍全集》第16卷,人民文学出版社,2013,第174页。
③ 老舍:《老舍全集》第16卷,人民文学出版社,2013,第175页。

正是这点造成了"后殖民文本"的误会。

理想很丰满,现实很骨感。尽管原来是想这么写,但是总不能没有现实依据就拿起笔由着自己的想法乱来。"这有三件必须准备的事:第一,得在城市中研究经济的情形。第二,到内地观察老华侨的生活,并探听他们的历史。第三,得学会广东话,福建话,与马来话。"[1]由于时间和金钱上的客观原因,"不懂的事还很多很多,不敢动笔","可是以几个月的工夫打算抓住一个地方的味儿,不会"。康拉德在写作那些小说之前做过很长时间的水手,因而有丰富的航海经验和异域体验。同样,老舍想要完成"逆写",也必须有一定的事实依据。然而,根据已有的观察,老舍看到的是福建人和广东人之间的成见,三等舱里的"听唱,看大腿,瞎扯,吃饭",这种情况下怎么还能够"胡来"?

其实,背离原来的想法,客观原因占据一部分,更有可能是一种警惕。探听历史和考察经济的背后是力求客观地叙事。前文提到过,老舍本人已经考察到康拉德存在的民族偏见,因此在自我从事写作时,他也在自我警醒。放弃"中国人开发南洋"的叙事转而写"联合弱小民族共同奋斗"恰恰是在矫正康拉德的"唯西方主义"和自我可能存在的"自我中心主义",这样我们就可以了解到在那两篇自白中老舍为什么要重复强调这种转变。

不仅是警惕"自我中心主义",对于中国人存在的"自我中心主义"老舍在小说中也不遗余力地批判,只是没有被一些学者注意到,甚至还被有些学者误解。因此,我更加倾向于将《小坡的生日》解读为"老舍《小坡的生日》既不是'后殖民'文本,而应该是'反殖民'(或'非殖民')文本;也不是正宗的新加坡'反殖民'(或'非殖民')文本,

---

[1] 老舍:《老舍全集》第16卷,人民文学出版社,2013,第176页。

而应该是一个中国人借助异域经验的'反殖民'（或'非殖民'）文本"①。

二、"文化中心论"还是关于"现代性的想象"？

（一）对老一代的批判

"需要警醒的是，《小坡的生日》中，也有一种大中华心态或者说文化殖民倾向。一目了然的是小坡的父亲，他对非广东的华人都抱有偏见，何况是异族？"②抓住小坡父亲的言论来批判可能存在的文化殖民倾向，乍看有理，实际上朱先生的此番论述忽略了老舍本人的态度而陷入了个人主义的臆想。

如果将《小坡的生日》与《二马》相比较，会发现两个文本是如此惊人的相似。在异域空间的构置里，老马和小马的对立、小坡和父亲的对立；同样是到异邦"开店"，二者的经验也是如此的雷同。"老马代表老一派的中国人，小马代表晚一辈的，谁也能看出这个来。老马的描写有相当的成功：虽然他只代表了一种中国人，可是到底他是我所最熟识的；他不能普遍的代表老一辈的中国人，但我最熟识的老人确是他那个样子……至于小马，我又失败了。"③要知道，小坡对于父亲的很多行为虽然不满，但都采取迂回战术，尽量避免与父亲的直接冲突，而对于父亲的"自我中心主义"，小坡在文中第一次直言这是个"坏毛病"。老舍的批判态度还不够明显？他不是对这些宿疾取不承认主义，而是始终不渝地抨击阻碍我们民族新生的种种劣根性。

---

① 罗克凌：《后殖民误读：老舍〈小坡的生日〉新释》，《北京理工大学学报》（社会科学版）2012年第2期。
② 朱崇科：《后殖民老舍：洞见或偏执？——以〈二马〉和〈小坡的生日〉为中心》，《中山大学学报》（社会科学版）2007年第2期。
③ 老舍：《老舍全集》第16卷，人民文学出版社，2013，第173页。

任何有关现代性的讨论都离不开对传统的反思与批判。异邦体验下的冲突,要书写的正是关乎现代性的想象。根据种种联系,我们把《小坡的生日》看成"去掉英国环境"的《二马》。传统又固执的老马面对英国强大的现代性冲击,一方面意识到自己所处的弱势地位,另一方面又不愿意改变,最后表现出"欺软怕硬"的阿Q精神的影子,小坡的父亲亦然。小坡的父亲在中国"花了一大堆钱买了一个官。后来把那一大堆钱都赔了,所以才来开国货店"[①]。官本位失败而选择经商并没有改变他的本质,父亲在马来西亚显然还维持着"老父亲"的权威形象,蛮横拒绝小坡的提问,对老印度拳脚相向,还有着对"非广东人"都看不起的傲娇。这两位老人都同样在异国的土地坚持着传统的中国做派。与《二马》也有所不同,《小坡的生日》中少了许多对于老一代"幽默的讽刺"描写,将重点更多放在以小坡为代表的新新人类,而小坡显然是一个理想化的人物。出生异域不受旧气息沾染而强烈渴望未来的新中国人或许能够概括小坡的身份,新环境、新人物、新理想,小坡所代表的这"三新"将被压迫者与被殖民者带向现代性的未来。

王润华先生说老舍是新加坡"花园城市"的预言人,这点完全就是一个美丽的误会。老舍先生的花园跟新加坡"花园城市"的美称相距实在太远,他的花园是关于现代性的乌托邦想象。

(二)对新一代的畅想

似乎我们都太过执着于《小坡的生日》与"后殖民文本"之间的关系,有学者注意到了"火车想象"在小说中的作用,但是又怀疑"《小坡的生日》也在反殖民立场之上,建立起一个中华中心主义叙

[①] 老舍:《老舍全集》第2卷,人民文学出版社,2013,第5页。

事"①,不否认老舍有"要在混杂的语言、文化体验中确证自己个人的中国身份"的意图,但是这种身份确认是非常谨慎的。在关乎未来的现代性想象中,身份确认退后,现代性想象占据主导,在那个花园里,现代性想象充分驰骋。

"《二马》中不断出现的轮船、火车和汽车,以及乘坐其上观看风景的人们,是现代文艺中的典型场景,作者常常以之作为现代性的象征,冲撞传统世界或者导向未来愿景。"②这种愿景也持续到《小坡的生日》当中。在花园里,小坡和南星、福建人、马来人还有印度人一起玩开火车的游戏,后来又变成了开货车。无论是哪种车,均为工业社会文明的产物,这一群新一代正是在通过这种游戏表达对未来的朦胧意识。在这一代新人当中,有同一个梦想,也要组建起能够维系能够交流的语言,否则无法建造一座通天塔。"少小离家老大回,乡音未改鬓毛衰",身份确认与方言不可分割,正儿八经的北平人老舍在小说创作中总是离不开"北平话"。当广东小坡说着北平话时,自我身份确认似乎有理有据。但再次回看那两篇自白,老舍坦言他无法学会广东话和福建话,从客观原因上来说,小坡讲着北平话也情有可原。

"(现在他们全说马来话——南洋的世界语)"③,在这段描写中插入旁白,老舍无疑注意到了语言的重要性。关于被殖民地人民的未来,老舍希望建立一种共同的语言。语言不仅关乎沟通,当然也关系共同的身份认同。(实际上,那时候在马来的通用语言是英语)对现代性的未来构想,他们新一代说着马来语,共同乘坐火车、货车

---

① 韩琛:《三城记:异邦体验与老舍小说的发生》,《文学评论》2017年第5期。
② 韩琛:《三城记:异邦体验与老舍小说的发生》,《文学评论》2017年第5期。
③ 老舍:《老舍全集》第2卷,人民文学出版社,2013,第23页。

奔赴未来,这里没有压迫,没有不平等,这才是"花园"的正解。

三、一点思考

后殖民理论为我们观看老舍提供了一个角度,却无法做到"管窥全豹"。如果老舍先生将人物的主角换成一个非小坡带领大家走向现代性的未来,估计也会有人站出来批评老舍摆脱不了被殖民者的奴性心态,还会说这种意识潜在老舍内心连他自己都没有察觉;当小坡成为小说主人公时,又有人指责说老舍有文化殖民倾向。总之,各执一词。我想,这个正是后殖民理论的悖反和矛盾所在。小说家由于自身的身份认同很难做到真正的"世界的大同",而做出批判的学者也往往不能完全抛开自己的身份认同。"成为'理论'的著作为别人在解释意义、本质、文化、精神的作用,公众经验与个人经验的关系,以及大的历史力量与个人经验的关系时提供借鉴",王润华先生的发现确实为我们打开了一个新世界,但是如果拿着这个理论去窥究全部的老舍,恐怕就会有不足。

"对"的世界崩塌与重构的现代隐喻
——张爱玲《红玫瑰与白玫瑰》的主题阐释

陈晓桐

西南大学文学院

摘要: 张爱玲《红玫瑰与白玫瑰》的主人公振保在传统道德观念下为自己构筑了一个"对"的世界,然而故事中这个"对"的世界并没有维持下去,反而经历了一次崩塌与重构的过程。在这一过程中,体现的不仅仅是振保的生活处境,而是借此对现代人生存困境的揭示。本文重点以振保"对"的世界为核心,从社会与个体、道德与人性的层面探究《红玫瑰与白玫瑰》中所隐喻的现代性主题。

关键词:《红玫瑰与白玫瑰》;"对"的世界;生存困境;现代性

张爱玲在《红玫瑰与白玫瑰》中,塑造了一个佟振保这样的特别人物,书中写道,他是"最合理想的中国现代人物"[1]。佟振保在经历了巴黎嫖妓的失败后,下决心要"创造一个'对'的世界,随身携带着。在那袖珍世界里,他是绝对的主人"[2]。本文就循着他的这个"对"的世界的偏移、崩塌与重塑,来对《红玫瑰与白玫瑰》的主题进

---

[1] 张爱玲:《红玫瑰与白玫瑰》,北京十月文艺出版社,2012,第51页。
[2] 张爱玲:《红玫瑰与白玫瑰》,北京十月文艺出版社,2012,第57页。

行一番新的阐释。

一、"他者"对自我的强行植入：小说中"对"的世界的社会学内涵

小说《红玫瑰与白玫瑰》采用的是倒叙，一开头张爱玲就介绍振保："他是正途出身，出洋得了学位，并在工厂实习过，非但是真才实学，而且是半工半读打下来的天下。他在一家老牌子的外商染织公司做到很高的位置。他太太是大学毕业的，身家清白、面目姣好、性情温和、从不出来交际。一个女儿才九岁，大学的教育费已经给筹备下了。"①看得出来，他是一个拥有"对"的世界的体面人——事业有成，家庭美满，做自己世界中绝对的主人。

事实上，佟振保心目中"对"的世界与中国传统世俗社会中男性的"成功"是暗合的。对此，可以用拉康的"他者"理论来加以解析。拉康理论中的"他者"，语言、无意识、父母、象征秩序：这些术语有时候被拉康作为"他者"来谈论。对于拉康来说，我们无意识的欲望是被导向这一"他者"的，它表现为某种最终可以满足我们的实在……我们的欲望在某种程度上也是从"他者"那里接收来的。我们欲望他人——例如我们的父母——无意识地为我们欲望的东西。也就是说，人是被社会关系塑造的，自我是由"他者"决定的，我们的欲望实际上体现的是他人的欲望。"他者"塑造振保，振保也迎合"他者"。这种"他者"在振保生病，其母亲来看望时对娇蕊说了一番话，振保的反应中得到体现："振保听他母亲的话，其实也和他自己心中的话相仿。"②振保的话既与母亲的相仿，这就说明振保"对"的世界其实是从父母或者说中国传统社会中得来的，甚至在遇到艾许太太后，振保对自己的反思中也可以体现出这一点："他要一贯的向前，向

---

① 张爱玲：《红玫瑰与白玫瑰》，北京十月文艺出版社，2012，第51页。
② 张爱玲：《红玫瑰与白玫瑰》，北京十月文艺出版社，2012，第79页。

上。第一先把职业上的地位提高。有了地位之后他要做一点有益于社会的事,譬如说,办一贯贫寒子弟的工科专门学校,或是在故乡的江湾弄个模范的布厂,究竟怎样,还是有点渺茫,但已经渺茫地感到外界的温情的反应,不止有一贯母亲,一贯世界到处都是他的老母,眼泪汪汪,睁眼只看见他一个人。"①他想的是"达则兼济天下",这看似是他的愿望,其实是"他者"的欲望,世界上到处都是他的老母在看着他。这种"对"带着一种强制性植入振保内心并压抑了与其冲突的部分。这种情况类似于"从镜子里错认了自己的伪主体,不久还落到了他身边的众人手里,他们以有声和无声的存在,每时每刻构成着一种个人主体'应该'成为的形象之镜。拉康说,这种新的形象使'一群人'在个人主体中树立一种存在的榜样,这些人代表了'你'的自主性,并为'你'建构着生活的现实结构。你必须和应该是!"②振保做的正是"应该是"的事情,他总是以中国社会的"他者"来对事情的价值进行衡量,默认"他者"为他所欲望的就是好的。因此,成为人人交口称道的"好人",而非"真人"。强大的"他者"力量,即所谓的社会性置换了个人本应该具有的主体性。

但这种中国传统社会中的"他者"不是稳定的,小说中的振保事实上是在两个社会中生活,"他是一个生活在半封建半殖民地社会、交叉纠葛于东西方文明两种价值观的'两栖人'","既深受传统伦理道德的影响,又崇尚西方生活方式,以及殖民统治者人欲禁锢解禁松弛的自由"③。中国传统的价值观掺进了西方价值观的影响,这就

---

① 张爱玲:《红玫瑰与白玫瑰》,北京十月文艺出版社,2012,第77页-78页。
② 张一兵:《从自恋到畸镜之恋——拉康镜像理论解读》,《天津社会科学》2004年第6期。
③ 胡秦葆、陈永光:《对男权中心文化性别观念的根本颠覆——张爱玲〈红玫瑰与白玫瑰〉的重新解读》,《湖南科技大学学报》(社会科学版)2005年第8卷第4期。

有"两群人"为他树立不同的榜样,所以"对"的世界虽然大部分是强制性的中国社会评价他人成功的价值观,但还有西方给予的"现代"价值部分,所以在母亲说话后他虽然觉得逻辑相仿,"可是到了母亲的嘴里,不知怎么,就像是玷辱了他的逻辑"①。但在娇蕊询问时,他还是"一时不能解释,摆脱不了他母亲的逻辑"②。他西方的部分在突破,但还是摆脱不了中国传统"他者"的控制,因此这种"他者"不再是扁平的,而变成了矛盾交织的立体图形。它不是单纯的中国传统,也非完全的西方,振保身上演绎的正是中国传统与西方现代关于人的价值的内在冲突。

弗洛伊德认为,每个人都经受着所谓"现实原则"对"快乐原则"的压抑。③振保的"对"的世界其实就是"现实原则"对"快乐原则"的一种压抑,所以振保的"对"的世界就需要补偿,因为这种"对"在无意识之中其实是对"我"的一种压迫。这就使得"人家也常常为了这个说他好,可是他总嫌不够,因此特别努力地去做份外的好事"④。娇蕊也这么说过振保:"你处处克扣你自己,其实你同我一样的是一个贪玩好吃的人。"⑤于是振保在坚守"对"的世界的同时又觉得这是一种牺牲,感觉成就的是他人的眼光而非真正自己所需要的生活。他不是在为自己生活,而是在为了这个社会生活,所以他期望得到别人认同,甚至是嘉奖,为此能够补偿自己"快乐原则"被"现实原则"过度压抑那一部分。"对"的世界虽然暗合了社会成功的定义,

---

① 张爱玲:《红玫瑰与白玫瑰》,北京十月文艺出版社,2012,第79页。
② 张爱玲:《红玫瑰与白玫瑰》,北京十月文艺出版社,2012,第79页。
③ 特里·伊格尔顿:《二十世纪西方文学理论》,伍晓明译,北京大学出版社,2007,第161页。
④ 张爱玲:《红玫瑰与白玫瑰》,北京十月文艺出版社,2012,第88页。
⑤ 张爱玲:《红玫瑰与白玫瑰》,北京十月文艺出版社,2012,第65页。

振保也乐于去追求并保持这种成功,但他是抱持着以后能加倍得到快乐或者是能从中得到某些好处为前提的。这就使得他"老觉得外界的一切人,从他的母亲起,都应当拍拍他的肩膀奖励有加。像他的母亲是知道他的牺牲的详情的,即使那些不知底细的人,他也觉得人家欠着他一点敬意,一点温情的补偿"①。而在没有得到补偿的时候就会有后悔自己忍耐烟鹂出轨,维持自己"对"的世界的想法。振保"自我"无法向"超我"的方向发展,就只能走向"本我"的层面,个人的欲望随时准备僭越自己的社会身份,朝着"本我"的情欲迈进。

因此,振保"对"的世界是在中国传统"他者"强大的主导下,在对西方价值观的认同下,以及"现实原则"对"快乐原则"的压抑中建立起来的。小说为我们展示的这个"对"的世界,其实就是绝大多数中国人的生存现实,本无甚可质疑,但张爱玲看到了这个"对"的世界的不稳定性:西方价值观对强大中国传统"他者"的反动,"他者"本身价值的错位以及"快乐原则"没有受到补偿变得过度压抑。

二、自我与习俗的冲突:"对"的世界崩塌的人性意义

小说中"对"的世界的崩塌是由两次事件累积而成的。一是重遇娇蕊,一是烟鹂在偷情之后仍旧无知无觉。这两件事情,使振保意识到了自己的失败处境,也就是"他者"对世界掌控权的失效。

在重遇娇蕊这一事件中,张爱玲对于振保的心理有如下描述:"振保看着她,自己当时并不知道他心头的感觉是难堪的嫉妒。"②这种嫉妒一是对自己旧情人有了新欢的嫉妒,但不仅于此,这更是对娇蕊能够自在地过自己的人生的嫉妒,如同振保所说的"你很快

---

① 张爱玲:《红玫瑰与白玫瑰》,北京十月文艺出版社,2012,第88页。
② 张爱玲:《红玫瑰与白玫瑰》,北京十月文艺出版社,2012,第85页。

乐",这种坚持自我的快乐感对于振保而言是奢侈品。娇蕊的所做所为违反了振保的"对"的世界的原则——符合中国传统社会规范和道德。在遇见娇蕊之前,他觉得"在这一类的会晤里,如果必须要有人哭泣,那应当是她"①。这是从他的"对"的世界中引申出来的结论。虽然他通过社会的评价有了"过得比娇蕊更幸福"这一想法,但在重逢后,他发现这种基于自己"对"的世界的幸福评价标准失灵了,这次会面反而显示出了他的萎缩。他从来都不像娇蕊一般,认为"爱到底是好的,虽然吃了苦,以后还是要爱的"②。振保从来就为"他者"在生活,因此在娇蕊要把事情告诉王士洪的时候他就及时刹住了车,因为"社会上是决不肯原谅我们的"③。他的爱与欲在"他者"面前被自动抹杀,"对"的世界自动导正了因为个人欲望而导致的出轨。娇蕊在此处代表的是另外一股力量,这股力量支持的是"为自己"的一部分。振保嫉妒的也正是娇蕊的自在,敢于打破社会束缚以及不顾他人眼光的勇敢。可以说娇蕊代表的其实是现代"自我"那一部分,不顾"他者"束缚的反世俗性。

如果说与娇蕊的重逢给"对"的世界造成了一丝裂痕,那么烟鹂在偷情之后仍旧无知无觉,无疑成了压倒振保"对"的世界的最后一根稻草。烟鹂无疑是中国社会中长出来的传统女性,"她爱他,不为别的,就因为在许多人之中指定了这一个男人是她的"④。虽然振保处处照顾着她,但是她不能够很自然地接受这些分内的权利。而这些权利是振保吃力学来的西方绅士派头。小说中空洞洁白的烟鹂

---

① 张爱玲:《红玫瑰与白玫瑰》,北京十月出版社,2012,第85页。
② 张爱玲:《红玫瑰与白玫瑰》,北京十月出版社,2012,第85页。
③ 张爱玲:《红玫瑰与白玫瑰》,北京十月出版社,2012,第80页。
④ 张爱玲:《红玫瑰与白玫瑰》,北京十月出版社,2012,第83页。

仿佛就是中国传统的化身,她的爱是"父母之命,媒妁之言"的爱,她的行为是"出嫁从夫"的局促,连怨恨也是"婢妾的怨恨"。在这里,个人性消解成空洞,一切都是贞之又贞,洁之又洁。但如此圣洁的烟鹂偷情了,造成了一大反转,这与振保认为不适合治家的情妇变得成熟两相呼应。小说中作为"淫"的"红玫瑰",后来变为远离"淫"的人母;而作为"贞"的"白玫瑰",后来与裁缝私通,变为佟振保眼中"下贱"的"淫妇"。[①]这颠倒了振保"对"的世界,他所奉行的中国传统社会的"他者"不但伤害了他,并且在娇蕊那里又失去了效能。中国的"他者"之外的广阔天地比"他者"之内更加快活,一切都开始失控。其次,烟鹂在偷情以后的一段时间,"一直窥伺着他,大约认为他并没有什么改常的地方,觉得他并没有起疑,她也就放心下来,渐渐地忘了她自己有什么可隐藏的,连振保也疑疑惑惑起来,仿佛她根本没有任何秘密。像两扇紧闭的白门、两边阴阴点着灯,在旷野的夜晚,拼命地拍门,断定了门背后发生了谋杀案。然而把门打开了走进去,没有谋杀案,连房屋都没有,只看见稀星下的一片荒烟蔓草——那真是可怕的"[②]。这种状态无疑是可怕而恐怖的,它的空白消解了一切意义,此种无意义正是对他努力维持的"对"的世界正常秩序的极大讽刺,他信奉的规则抚平了一切,重新回归了空的状态。因相信所造成的空洞没有得到补偿,一切又导正回了正轨,仿佛一切都没有发生。振保对烟鹂偷情这件事并没有感到愤怒,而是高高在上的疑惑:"怎么能够同这样的一个人。"[③]他感到愤怒的是自己通

[①] 胡秦葆、陈永光:《对男权中心文化性别观念的根本颠覆——张爱玲〈红玫瑰与白玫瑰〉的重新解读》,《湖南科技大学学报》(社会科学版)2005年第8卷第4期。
[②] 张爱玲:《红玫瑰与白玫瑰》,北京十月文艺出版社,2012,第93页。
[③] 张爱玲:《红玫瑰与白玫瑰》,北京十月文艺出版社,2012,第90页。

过对烟鹂的忍耐辛苦塑造的"对"的世界没有得到回报以及补偿,因此坚守"对"的世界也变得毫无意义,此时对"快乐原则"的压抑就变成了自己糟蹋自己。"我待她不错呀!我不爱她,可是我没有什么对不起她的地方。我待她不算坏了……可是我待她这么好,这么好——"①自己努力维持的圆满家庭被当作理所当然,一切原来确定的东西都化为了一片虚无。加深振保愤怒的是烟鹂轻易与小裁缝断了联系:"哦?就这么容易就断掉了吗?一点感情也没有——真是龌龊的!"②烟鹂的这状况和他之前的状况重叠了起来,他也这样放弃了娇蕊,就这么容易断掉了的他,也是如此这般的龌龊,"对"反而变成了一种"错"。振保的绝望就在于此:他被中国"他者"苦苦压抑的个人性让他怀疑起自己创造的"对"的世界的正确性,代表中国传统的烟鹂其实道貌岸然,代表着西方个人部分的娇蕊反而因个人性而更加勇敢快乐。"他者"为振保所无意识欲望的,并非是自己的快乐,而是"他者"的理所应当。在这理所应当下的错位和颠倒,只要不戳破就还能维持"对"的世界的歌舞升平。在这种"他者"的掌控中,好的反而是假,坏的反而是真。就此,"对"的世界完全崩塌,振保开始做一些自毁前途、违背传统道德的事。因为有前面的心理,尤其是对"对"的世界坚守的无意义,以及好坏真假的颠倒,所以振保觉得自己出格的行为也无甚所谓了,于是不再压抑自己的"快乐原则",让自己的个人性得到释放。但是他仍旧生活在社会中,"他者"的效能依旧存在,"对"的世界依然对他形成强大的牵制。在"对"的世界坍塌之后,还有强大的自塑性,也就有振保最后重塑自己"对"的世界的过程。

---

① 张爱玲:《红玫瑰与白玫瑰》,北京十月文艺出版社,2012,第91页。
② 张爱玲:《红玫瑰与白玫瑰》,北京十月文艺出版社,2012,第93页。

三、"对"的世界重塑的现代性隐喻

与"对"的世界的崩塌相比,小说中"对"的世界的重塑显得略快,但这其实也是符合振保的个性的。"纵然他遇到的事不是尽合理想的,给他自己心问口,口问心,几下子一调理,也就变得仿佛理想化了,万物各得其所。"①这个"对"的世界的重塑过程其实也是振保自己的重塑过程,是生活在现代的"传统人"的两难。这种重塑是"对"的世界重新把"不尽理想"拉回"对"的过程。"砸不掉他自造的家,他的妻,他的女儿,至少他可以砸碎他自己……他又感到那样恋人似的疼惜,但同时,另有一个意志坚强的自己站在恋人的对面,和她拉着,扯着,挣扎着——非砸碎他不可,非砸碎他不可。"②这里意志坚强的自己可以看作振保对于自己"对"的世界坚守的那方,那个恋人似的自己是疼惜在"他者"中挣扎的自己,疼惜不断牺牲"快乐原则"以满足"成功"定义的自己。这种拉扯是为了群体而生活,还是为了个人而生活的挣扎?虽然他疼惜自己,毕竟这种他人的眼光,这种"对"的世界顽固又强制地融入了振保的血液,所以在第三人在场的时候,他仍旧彬彬有礼,不冲台拍桌,让烟鹂觉得"简直不懂这是怎么一回事,仿佛她刚才说了谎,很难加以解释"③。在发泄一通之后,虽然认为烟鹂被打败,得意极了,但"静静的笑从他的眼里流出来,像眼泪似的流了一脸"④。表面上看虽然他像是打败了烟鹂,但实际上是烟鹂打败了他,同时也是烟鹂所代表的中国传统中的"他者"打败了他。他无法继续纵情享乐下去,不顾他的"对"的世

---

① 张爱玲:《红玫瑰与白玫瑰》,北京十月文艺出版社,2012,第51页。
② 张爱玲:《红玫瑰与白玫瑰》,北京十月文艺出版社,2012,第94页。
③ 张爱玲:《红玫瑰与白玫瑰》,北京十月文艺出版社,2012,第94页。
④ 张爱玲:《红玫瑰与白玫瑰》,北京十月文艺出版社,2012,第95页。

界,他还是得让"现实原则"对"快乐原则"继续进行压制。最后那双绣花鞋像是一个不敢现形的鬼怯怯地向他走来,暗喻着中国传统"他者"的回归。绣花鞋也是中国传统的"他者"的一种象征,它像不敢现形的鬼一般靠近振保,其实就是中国传统的"他者"始终如同鬼魂一般缠着振保,它无形却让人恐惧,让人不得不去服从它的游戏规则。"无数的烦扰与责任与蚊子一同嗡嗡飞绕,叮他,吮吸他。第二天起床,振保改过自新,又变了个好人。"①当旧日善良的空气包裹他的时候,当他开始考虑无数的烦扰与责任的时候,就证明了振保"对"的世界重塑成功了。虽然有西方的价值观念在拉扯他,但最终还是中国传统的"他者"让他再次成为千篇一律的"好人"。"好人"而非"真人"! 他尝试从"对"的世界越狱失败了,他尝试放弃"对"的世界对自己的掌控失败了,"对"的世界已然成为他血液的一部分。这就是处于传统与现代过渡阶段的中国人的宿命,传统以强大的"他者"力量,别人的道德眼光,把人的自我给活生生吞噬了。所以,振保重新回到"对"的世界,做一个他人眼中的好人,就成了必然的结局。

因此,张爱玲从振保"对"的世界的崩塌与重塑中,所针对的并非振保一个人的挣扎,而是那些"最合理想的中国现代人物"的挣扎,即一种现代性的生存困境。小说的意义在于揭示出中国传统的"他者"大于"自我"似乎是大多数人的生存状况,最终每个人都失去棱角和特色,变成"他者"所欲望的模样。"对"的世界是他人为我们设定的,在别人的眼光中生活,最后社会的标准就变成了自己的标准,成功就意味着金榜题名、钱财万贯、家庭美满,我们获取这些是为了得到他人的赞美,如同振保无限压抑自己以求得一种社会认

---

① 张爱玲:《红玫瑰与白玫瑰》,北京十月文艺出版社,2012,第96页。

同,但"对"之下有潜规则在背叛我们的坚持,也有"对"的反面规则在动摇我们的信念。对是否真的对？当"对"的评判标准动摇的时候,就是"对"的世界也有脱离掌控的时候,社会的习俗被自我的欲望僭越就像振保有从"对"的世界越狱的冲动。但讽刺的是,我们无意识地被"他者"所改造,我们所使用的语言,我们的父母……我们无意识地接受"他者"对于我们的欲望,个人性应该被群体的眼光取代。内心与现实的冲突形成的是一个尴尬局面,最终还是无法完全抛弃中国传统的"他者",只能于绝望中重建自己"对"的世界。永远都被传统牵制着的、焦虑与挣扎的振保,是个"最合理想的中国现代人物"。张爱玲在她的小说中,通过振保这个人物为我们揭示了这种所谓现代人的双重伪装,即对于传统与现代的双重无力感,既无法完全安于传统的"他者"眼光而生活,又无力尊崇自己内心的欲望突围,到最后只能带着纠结继续做一个所谓的"好人"。

从双线结构解读《生死疲劳》
——轮回线、时间线的运用

陈莉婷

西南大学文学院

摘要：本文通过文本分析，探讨莫言在《生死疲劳》中双线结构的运用，从轮回线和时间线的角度，对作品进行解读。《生死疲劳》围绕西门闹六次轮回展开叙述，每次轮回对应不同的历史时期，讲述了西门闹独特的轮回体验和1950年到2000年中国社会的历史变迁，传达出对时代的悲剧性体认。

关键词：《生死疲劳》；双线结构；命运轮回；历史；悲剧

莫言的《生死疲劳》由两条线交织穿插，其对情节和主旨各有不同的作用和影响。轮回线体现出了情节的戏剧张力和荒诞色彩，用轮回传达农民对土地的执着与热爱，传达出浓浓的乡土情结以及西门闹历经生死之苦最后放下欲望进入平和境界的佛教思想。时间线消减了情节的荒诞性，增加了历史真实性，用时间流逝传达出处在巨大时代变迁中农民的沉浮和悲剧性结局。

莫言创作《生死疲劳》时,有意向古典的章回体小说致敬,这部小说也采用了古典的章回体形式。从目录可知,《生死疲劳》分为五部,共五十三章。五部分别为"驴折腾""牛犋强""猪撒欢""狗精神""结局与开端",从前四部的命名我们可以看出,前四次轮回占据了小说的绝大部分,且"结局与开端"中也涵盖了轮回为猴和轮回为人的短暂经历。小说围绕轮回展开叙述,六道轮回开始,小说开始;六道轮回结束,小说结束。

将"轮回"应用在小说中,莫言不是第一人。"轮回思想作为佛教中影响最深的理论之一,其在小说中的体现比比皆是。如晋干宝的《搜神记》卷十五'羊祜'条载:羊祜年五岁时,令乳母取所弄金环。乳母曰:'汝先无此物。'祜即诣邻人李氏东垣桑树中,探得之。主人惊曰:'此吾亡儿所失物也,云何持去?'乳母具言之。李氏悲惋。时人异之。此记载也见于齐王琰的《冥祥记》及唐李冗的《独异记》。"[①]莫言虽不是第一人,但莫言的艺术成就不输前人。莫言在《生死疲劳》中,以轮回者的角度(驴、猪、狗、蓝千岁以及蓝解放)来叙述,对动物心理和行为特征刻画得极为生动。因为轮回中还有西门闹的记忆,文字中也充满了人性和动物性交织斗争的精彩。从文章整体看来,是动物性的渐强,人性的渐弱;也可以将其理解为西门闹心中那份执念和不平的渐弱。这也呼应了佛教的主旨——轮回的意义:多欲为苦,生死疲劳;少欲无为,身心自在。无论是因为记忆在轮回中的被迫冲淡还是经历生死和世事变迁内心的主动释然,西门闹的爱恨情仇,都在轮回中越来越淡了。

小说的开头先是写西门闹含冤而死,愤愤不平,大闹阴曹地府。

[①] 黄艳燕:《佛教轮回思想与我国古代小说关系研究现状综述》,《理论观察》2013年第3期。

阎王不胜叨扰,赐予西门闹六道轮回。第一次轮回为驴,西门闹看见蓝脸和迎春在一起,心中充满咒怨和极尽恶毒之词,对自己的驴身很不满意,对自己的驴母亲也毫无感情。"生我的母驴死了。它四肢僵硬,如同木棍,大睁着眼睛,死不瞑目,好像有满腹的冤屈。我对它的死丝毫不感到悲痛,我只是借它的身躯而诞生。"虽说物伤同类,但此刻西门闹身上驴的意识还没发展起来。驴的意识随着时间在增长,即使西门闹再不情愿和一头驴交配,可那种原始的动物性还是在疯狂地召唤它。"站在高坡上,它的气味,突然涌来,是那样浓郁,那样强烈。我的心脏狂跳,撞击着肋骨,热血澎湃,亢奋到极点,无法长叫,只能短促地嘶鸣。"莫言将驴的情欲写得十分细腻逼真。在后来为驴为牛的时间里,西门闹越来越像一头驴、一头牛了,但西门闹的记忆依旧十分强大。牛在面对背叛和抹黑自己的吴秋香时,挣脱缰绳去顶她;在看见自己的亲生儿子和自己的牛主人打斗时,纠结犹豫难出手帮忙。为猪时,西门闹的意识几乎没有出现过,他愉悦地享受着猪生,出生就霸道强横独占猪妈妈的乳房,让其他猪兄弟无乳可吃。猪十六还在猪场炫技,成为重点培养对象,在猪中出尽风头。因为对杏子的渴望,猪十六跃出栏杆,偷偷去吃杏子,还打败刁小三成为猪王,获得了所有母猪的交配权。猪十六还和老许宝斗智斗勇,保住了自己的睾丸。老许宝丧命猪圈后,猪十六就背着人命逃往野外。后来,猪十六还带领野猪上演人猪大战。在猪的篇章中,人性集中爆发过一次,就是他救几个落水的孩子。"我此时不是猪,我是一个人,不是什么英雄,就是一个心地善良、见义勇为的人。"此时,与其说是人性被唤醒,不如说是西门闹被骨肉亲情召唤回来了。纵观《生死疲劳》全书,"猪撒欢"可以说是最精彩的一部分,充满了荒诞性,情节极富戏剧张力。正如张旭东所说:"边界的游离产生了很多叙事可能性。"[1]猪十六为救人溺亡后,西门闹又轮回为狗。在狗的部分,莫言抓住了狗的特性,充分发扬了狗的灵敏嗅觉和狗的忠诚。狗小四对蓝解放的事都心知肚明,"我从你裆间嗅到了一股腥冷的精液气味与橡胶避孕套的气味。这说明,你们在酒足饭饱之后,去找小姐'打炮'了……我是一条狗,不负责'扫黄'问题,我把你这件风流事儿抖搂出来的目的是想说明,即便与你有过性关系的女人,她的气味也是浮在你的基本气味外边……这一次你身上没有精液气味,也没有她的体液气味,但分明有一股极其清新的气味与你这个人的基本气味发生了混合,使你的基本气味从此发生了变化。于是我就明白了,你与这个女人之间,已经产生了深刻的爱情,这爱情渗入了你们彼此的血液、骨髓,无论什么样的力量,也难把你们分开了"。通过狗的嗅觉来叙述事件,角度新颖独到,为叙事增添了很多意想不到的乐趣。狗的判断也为蓝解放抛弃一切私奔做了铺垫,暗示了蓝解放的命运。在为猴的轮回里,猴的参与感不强,更多是在描写第三代的悲剧。最后一次轮回,西门闹已经成为一个大头婴儿蓝千岁,在滔滔不绝讲述自己的一生。围绕轮回,作者铺开了一张生死疲劳的长画卷,荒诞而富于戏剧张力。

另外一条与轮回线搭配的是时间线,或者说是历史进程线。从这个角度看,《生死疲劳》还可以是一本"史书",一本记录了高密东北乡从1950年到2000年历史变迁的书,是东北乡一群人的历史。从另一个角度看,他们是一个标本,一个没有名字的标本,我们也可以说这个标本的名字是可以随时更改的。在此观点下,我们可以认为《生死疲劳》不是特定人身上的历史,它不具有针对性,它是特定

---

[1] 张旭东:《作为历史遗忘之载体的生命和土地——解读莫言的〈生死疲劳〉》,《现代中文学刊》2012年第6期。

历史时期下，普遍中国民众在中国土地上、在改革浪潮席卷中的辛酸血泪。但与此同时，《生死疲劳》又是从动物视角来记录和观察现实的，将虚拟和现实糅合，因此削减了历史的严肃性。莫言身上有一种农民的狡黠，我们难以去他的文章中抓到真正批判性的文字，却总能读到那样的感觉。

第一轮回为驴、第二轮回为牛时，对应的是"大跃进"时期和人民公社时期。1954年10月1日，高密东北乡第一家农业合作社成立，农民们牵着牲口，扛着农具，欢声笑语入社。蓝脸在众目睽睽下牵着"我"从人群走出。在积极搞入社时，洪泰岳还在积极地批斗一切"反革命分子"。"大跃进"的时候，大炼钢铁，遍地土高炉，撤掉区、乡、村改为大队，一夜之间全县人民公社化。这一切都被西门驴看在眼里。最后，西门驴是在大饥荒中被一群饿得失去理智的人刀砍斧剁，碎尸抢食而亡。西门闹接着又转世为蓝脸家中的一头牛。几乎所有人都陷入了集体化的狂欢，但西门牛和蓝脸一样倔，坚持着单干。他们是东北乡唯一的污点，是政客和百姓的眼中钉。蓝脸宁死也要单干，西门牛宁死也不在公家田上耕作，最终被西门金龙——自己的儿子，活活烧死。

第三轮回为猪时，对应的是"文革"十年。在大多数作品中，"文革"十年的笔调是压抑沉重的，但莫言从猪的视角把这十年写成猪的狂欢。猪的贪吃、好色、与天斗与人斗与猪斗其乐无穷，给人强烈的戏剧性和荒诞感。换个思路看，猪轮回到"文革"时期似乎又是一种必然。"文革"时期，人们也陷入了一种失控的政治狂欢中。莫言虽然没有正面提到"文革"，但"文革"时期，我们所熟知的一切，也正给人一种如猪十六般的戏剧感和荒诞感。也许，猪之间的斗争，就在暗示着"文革"时人与人之间的斗争。

第四轮回为狗时,对应的是改革开放时期。狗敏锐地感受着改革开放带来的变化。改革开放后,经济形势好转,人们的生活条件也在很大程度上改善着。狗小四随着主人搬进了新家,从农村搬进了城市,"这是一个相当不错的家。相对于西门屯蓝脸家房檐下那个狗窝,简直是个宫殿。进门是一个方方正正的大厅,地面上铺着'莱阳红'大理石,蜡光闪闪,脚在上边打滑"。但一些令人不愉悦的东西也在这时发生着。贪污受贿、情色交易、婚外情纷纷涌现,新时期道德出现巨大滑坡。洪泰岳,这个无法融入新时代、满脑袋阶级斗争的人和西门金龙同归于尽了。庞抗美和西门金龙都太会把握时代的变化了,于是玩弄权力的庞抗美被"双规"了,后来在服刑中自尽;在"文革"时极左、改革开放时又极右的西门金龙也死于非命。改革开放是一个巨变的时期,每个人都在巨变中做出自己的选择并且承担了代价。狗的轮回将尽时,大多第一代、第二代人物也走到了尽头。

第五次轮回、第六次轮回已经到了2000年。这两次轮回是在见证书中第三代人物,西门欢、庞凤凰、蓝开放等的结局。西门欢死于儿时的恶,庞凤凰、蓝开放死于父母辈延续下来的悲剧。2000年年底,西门闹结束了自己的前五道畜生轮回,终于为人——一个在苦难中超脱的人。

轮回线与时间线相互交织,短短五十年的时间,西门闹以不同的生命形态体验了五场生命悲剧。《生死疲劳》用轻松、荒诞的口吻记录下历史的沉重与曲折,潜藏着悲剧的内核。生死疲劳,莫言向在那个时代里沉浮的苦难的中国人民,给予了最深切的关注与同情。

郭敬明小说中的上海书写

郝益

西南大学文学院

摘要：有着"十里洋场""东方巴黎"之称的上海,自近代以来,始终是中国社会现代化进程中的窗口,对这座国际化都市的描绘也被无数作家所青睐。本文主要分析青年作家郭敬明的上海书写与他个人经验的关系,以及其笔下上海城市意象的独特内涵。

关键词：郭敬明；上海书写；城市意象

刘俊在《论二十世纪中国文学中的上海书写》一书中正式提出"上海书写"这一概念："所谓上海书写,是指以上海为表现背景,展示20世纪中国人在上海这样一个现代化大都市中的生活习俗、情感方式、价值判断和生存形态,以及书写者本身在这种书写过程中所体现出的对上海的认识、期待、回忆和想象。"[①]作为"80后"作家,郭敬明的创作一直饱受争议。有人批评他的作品充斥着低劣的审美观与肤浅的拜金主义思想,语言华美而轻浮。而他的浮华文字,大

---

① 刘俊：《论二十世纪中国文学中的上海书写》,《文学评论》,2002年第3期。

多是对于都市与物质生活的描绘。他的小说,大部分建立在上海这座繁华都市的背景中。

一、个人经验与郭敬明的上海书写

郭敬明出生于四川自贡,这是一座偏居西南的小城,与位于东部的上海相去甚远。出生地与理想地的反差所激发的对于上海的想象都有意识或无意识地镶嵌在了他的文学创作中。如他在《左手倒影,右手年华》中所写,"是谁说过:燃亮整个上海的灯火,就是一艘华丽的邮轮""我的根似乎是扎根在上海的,就像人的迷走神经一样,一迷就那么远,这多少有点不可思议"。他对于上海,有着无法言说的执念与想象。他最终入读上海大学,定居上海,完成了生活在别处的幻想。

现代都市被物所包围,如埃·弗洛姆在《爱的艺术》中所言:"每样东西——精神以及物质的东西——都变成了交换的对象、消费的对象。"[①]在这样的世界里,人们的生活目的、愿望、抱负和梦想发生了改变,最终的结果是人的存在方式发生了改变。因此,都市生活呈现出前所未有的开放性和丰富性,多种价值标准和生活方式在这里并列、交错、重叠。上海的特点便是消费膨胀,"消费和享乐是我们都市的文学的主调",物质的丰富刺激了人们的消费欲望,享乐主义便成了市民阶层的追求目标。在这样一个物欲升腾的都市空间里,必然产生新的经济观念。

毫无疑问,郭敬明的经济观念是在上海这样的繁华都市中形成的。在2007年出版的小说《悲伤逆流成河》中,郭敬明第一次细致地描绘上海,到《小时代》三部曲时,消费的主题愈加突出。他的作品

---

① 埃里希·弗洛姆:《爱的艺术》,刘福堂译,工人出版社,1986,第78页。

完全化身为资本的产物,将物质化的生活呈现推向极致。

而遥远的家乡对郭敬明的影响依然存在。家乡的落后与上海的繁华形成鲜明的对比,这种对比在他的脑海里不断幻化为同一座城中阶级有别的人群。他的小说最常用的方式就是将人物置于城市这一空间中,城市中青年人的悲欢离合,不仅在豪华的别墅公寓,同时也在潮湿阴暗的弄堂中上演。他的小说背景设置存在着巨大的贫富差距,为我们呈现了一个新时代下的物质化城市形象与消费刺激下不同身份青少年的成长体验。

二、郭敬明"上海书写"的常用意象

郭敬明成长在社会转型和现代消费文化环境中,他笔下的上海俨然是当下市场经济、消费社会和现代时尚的产物。他在《小时代》中这样形容上海这座城市,"这是一个以光速往前发展的城市。旋转的物欲和蓬勃的生机,把城市变成地下迷宫般错综复杂。这是一个匕首般锋利的冷漠时代""陆家嘴依然流光溢彩,物欲横流。环球金融中心每天耸立在云层里,寂寞地发光发亮,勾魂夺魄。只等身边那幢'上海中心'可以早日拔地而起,以解除它孤独求败的寂寞……投资三百六十亿打造的中国超级工程——虹桥交通枢纽……整个工程像是一个发光的巨大怪兽雄踞在上海的西部,在未来,人们将从它的体腔内部的各种肠道,迅速地被运往上海的各个地方。它像一个破土而出的怪物一样,轰隆隆地掀起着周围的地皮,无数的地价在股市的电子屏幕上发疯一样地跳动着,仿佛无数人心悸的心电图"。

(一)摩天大楼

作为现代大都市的标志符号和一种景观,摩天大楼在郭敬明的笔下频频出现。摩天大楼有着强大的隐喻和象征意味。它的出现不断强调着上海这座"钢铁森林"冰冷的生存环境,它代表着高度、速度、科技现代性,是这个时代城市生活最突出的标志,无形中起着凝聚时代的作用。摩天大楼或者建筑本身呈现的是"暴力猛兽",它不仅窥视着我们,比如从上俯览地面的人们,更撕裂着人的灵魂。"它依然是一种幻想:这是一种梦幻世界,交织着向往和压抑。"

而郭敬明在小说中,直接介绍了环球金融中心、上海中心、恒隆广场等现实中存在的标志性建筑,这也使得他笔下的上海更贴近现实。对于身处偏远内陆的青少年读者来说,这些细节成为他们窥见都市生活的窗口;对于生活在都市的读者来说,这些描绘则更接近他们的日常生活,代入感极强。

(二)弄堂

与摩天大楼这一现代性意象相对的,是作为旧上海遗留产物的弄堂。在郭敬明的小说中,弄堂与潮湿阴暗等词语相联系,是历史的角落、贫穷和底层的象征。郭敬明在小说中着笔描绘老式弄堂里的中年女人,"顶着睡了一夜的蓬乱鬓发端着马桶走向公共厕所,她们的眼神是长年累月累积下来的怨恨和不甘",这是被物欲横流的世界所淘汰下来的。在这个以光速发展的城市里,弄堂自然而然被人们遗弃在历史里,弄堂这一意象也就此蒙上了悲剧色彩。

《悲伤逆流成河》的女主角易遥就来自这样的地方。处在潮湿弄堂里的易遥与因父亲做生意发达而搬到高楼大厦的齐铭,两人生活场所的比较同时也是社会地位与权力位置的对比,现代社会中弄堂的消亡与摩天大楼兴起似乎也在暗示两人未来的结局。在郭敬明的笔下,弄堂不再代表上海厚重的文化积淀,而是带来悲伤情怀的低层次场所。

(三)咖啡

"星巴克里无数的东方面孔匆忙地拿起外带的咖啡袋子推开玻璃门扬长而去,一些人一边讲着电话,一边从纸袋里拿出咖啡匆忙喝掉。"这是摘自《小时代》系列第一部开篇的一句话。以"星巴克"品牌来代替咖啡这样一个名称,体现出郭敬明已将咖啡看作一个时尚符号。可以说,在郭敬明的小说里,咖啡的使用价值在不断被弱化,更多的是代表白领阶层的一种习惯。它已经成为现代都市不可缺少的生活方式,构成现代人的物质生活形态。

(四)奢侈品

郭敬明有意在作品中将上海打造为一座充满奢侈品的物质之都。"坐在沙发靠窗位置的顾里,此刻正拿着她的HERMES茶杯……顾源的Dior领带夹和顾里的CHANEL胸花,看起来非常般配,就像他们两个一样般配。"郭敬明不厌其烦地用奢侈品对日常生活进行细致入微的书写。这些日常用品,并非柴米油盐,而是属于精致奢华的奢侈品牌,一连串奢侈品牌子的堆叠,无不体现出对精致物质生活或所谓时尚生活的迷恋。《小时代》中,几乎每个名词前都有奢侈品品牌的英文名字作为定语来修饰,即使是在刻画人物形象时,郭敬明也会采用这样独特的语法表达。郭敬明不厌其烦地渲染这些带有全球性标签的消费品,无疑是在给资本体系的消费关系唱赞歌。在他笔下,生活用品不再简单地作为"物"而存在,物的使用价值已经日趋模糊,品牌的象征意义却日益显现。品牌所具有的象征意义主要体现为对消费者个体自我特征和社会自我特征的表达。在情感方面,消费者更多的是通过品牌的象征意义来体现自己的生活方式、个性、归属的社会群体、社会认同、获得的声望和个人的喜恶。物的使用价值让位于展示价值,人们忽视实用价值,转而追求物品背后的抽象价值,毫不掩饰消费所带来的快感。而这,也是他笔下的上海最浮夸却又无比真实的一个侧面,即以消费和享乐为主流的都市文明。

三、郭敬明上海书写的风格

(一)华美的语言

正如曹文轩对《幻城》的评价:"讲究的名字、富有意境的用词,虚构的能力,轻灵、浪漫、狂放不羁的作为大幻想的幻想,作品营造的神秘氛围,宏大的叙述口气,自信的语言,高贵、郑重的腔调。"虽然《幻城》这部作品并不是严格意义上的郭敬明书写城市的文本,但足以概括郭敬明所有小说的语言美学风格——在幻想空灵的纯粹美文中,加入现实或资本的味道。华丽的氛围,华美的意境——他笔下的上海虽然是现实的,但也是某种意义上的虚假。现代社会的节奏令人无所适从,而郭敬明恰恰用华丽的美感在都市时空中打造出了虚幻之境,成为他们的乌托邦。对于身处复杂都市中的人们而言,郭敬明笔下美轮美奂的上海是被创造出来的,是虚假的,但可以从中得到一种意象性的满足。

(二)丰富的视觉

郭敬明将丰富的画面、场景以及电影技法贴切地运用到上海都市景观的文字表现中。他以一个全知视角、都市漫游者的身份,游荡于都市街头、地铁、写字楼,冷眼凝视这纷繁无常的现代性环境,试图用语言将上海全景式呈现在读者面前,将视觉化的语言和思维运用得淋漓尽致,每一个场景的描写都十分具有画面感。他还善于将静态都市景观转化为流动的意象,运用蒙太奇手法,使场景快速转换,形成流动性的画面场景,一个繁华、动感、快节奏的上海形象从文本中跃然而生。

而这些对都市的叙述,往往与叙事分离。郭敬明在每个章节的开头用大量笔墨描写一个极具画面感的都市场景,然后很快转向对人物和情节的叙事。这些语句对于故事的发展显然是多余的,它们并不会影响故事的推进。对人物心理的刻画与对外在背景的描写是相对独立的,这便是郭敬明理解上海的切入点与特定的表达维度。这种对用文字呈现画面的写法,打通了文字和视觉间的界限,使他笔下的上海呈现出立体感,饱满而清晰。

(三)悲伤的浪漫主义情怀

如他一贯的小说主题一样,郭敬明的上海书写同样是悲伤的。他从青春化、个人化的角度,忧伤抒情地定义青春。他把人物的命运大多放置在城市这样的空间中,主角通常具有两极化的出身,阶层的差异让青春承受超负荷成长的代价,痛苦、丑陋、心计、谣言甚至死亡,而这就是悲伤的源泉。

即使故事多以悲剧性结局而告终,但他的小说中具有不可否认的浪漫主义色彩。"远处灿烂的云霞更加的浓烈,迷幻的光影把整条街照得通红,仿佛上帝把一桶巨大的红色燃料打翻在了这条街上。"《小时代》以此收尾。这无疑是一个浪漫的结局,一场大火将曾经的美好与痛苦、信任与欺骗、友谊与爱情燃烧得灰飞烟灭。《悲伤逆流成河》中,谎言、诡计、误解、仇恨和绝望让顾森湘和易遥相继自杀,只留下"黑暗中你沉重的呼吸是清晨弄堂里熟悉的雾,你温热的胸口,缓慢流动着悲伤与寂静的巨大河流"这一带有典型郭敬明色彩的、暗黑意象堆砌成而的、意味不明的话作为结尾。

郭敬明的作品,归根结底是个人内心化的体验升华而成的青春物语,是一种"感伤的情绪体验式写作",只写被放置在都市中的青春,停留在浅显的感伤层面。

四、郭敬明上海书写不为主流文学所接受的原因

（一）缺乏本土特征的城市描写

郭敬明笔下所描写的，是正重新融入全球资本体系的上海，正如《小时代》开篇所说的那样："这是一个以光速往前发展的城市，这是一个浩瀚而巨大的时代。"郭敬明从不吝啬笔墨去描写上海国际化的特点："这就是上海。它可以在步行一百二十秒距离这样的弹丸之地内，密集地砸下恒隆Ⅰ、恒隆Ⅱ、金鹰广场、中信泰富，以及当当封顶的浦西新地标华敏帝豪六座摩天大楼。"高耸入云的东方明珠和外滩楼群的剪影看似是具体化的呈现，实则是全球性的抽象，缺乏本土特点的都市景观可以与任何一座国际化都市相对换，呈现片面化、抽象化、单一化的特点。

（二）金钱和消费堆砌的都市空间

郭敬明力图描绘光怪陆离的上海和如幻影般奢华的生活，他毫不吝啬对物质的赞美。飞速发展的社会中，物质和消费产生了巨大的力量，成为时代的信条，只有对物质保持追求的欲望，资本才能像永动机一样无限运转。郭敬明笔下的人物毫不犹豫地享受奢侈消费主义带来的快感，本身来自上流阶层的人们买菜一定要去时代广场和久光百货的负一层，而相对贫穷的普通人对生活的理解和人生标准都非常简单——靠近社会资本的占有者，然后成为他们。

这样的消费观，为他的作品打上了内容空洞、审美平俗的标签。《小时代》中，林萧是一个出生在弄堂里的平凡少女，学生时代的闺蜜富二代顾里和职场中的上司宫洺是对她的成长产生重大影响的两个角色，他们的金钱观对林萧造成了极大的冲击。面对顾里的高傲和刻薄，林萧是自卑且怯懦的，但她的自卑仅仅是因为顾里穿着名牌，"而我穿着Zara，还是打折品"。林萧对物质的仰仗膜拜也恰

能体现作者对资本逻辑的极端认同。不寻求如何抵抗外来物质世界对自己内心的侵蚀，反而宣扬以物质评价个人价值，郭敬明成功塑造了一个冷漠自私的资本主义高度发达时代，却难以将作品的主题上升到个体所面临的生存和精神困境的高度。

（三）"自我东方主义"的后殖民色彩

自我东方主义是东方主义的延续性发展，"具有东方文化身份的创作工作者常常会主动去迎合强权的西方主流文化，其后果就是他们会以西方人的思维方式来言说自己，无形中与强大的西方叙事话语不谋而合，与西方建立了一种同谋关系"[1]。

郭敬明的作品充斥着对西方文化和西方物质生活的迷恋，是具有浓厚"自我东方主义"色彩的文本。以《小时代》为例，首先，他将人物的主要活动空间设置在20世纪二三十年代的公共租界和法租界核心地区，外滩、淮海中路、徐家汇，甚至在人物覆灭的时候，也将地点选在了法租界的地标性建筑思南公馆；其次，郭敬明在作品中借主角顾里对北京首都机场T3航站楼的评论表达了"上海中心"的观念，"难以理解，为什么好好的一个飞机场非要把自己搞得像个灯笼"，甚至连北京的女人也是"可怕"的，"这边的女人们全部都穿着裤子……她们把腿密不透风地包起来了……而且她们还有一种东西叫作秋裤……我也无法相信世界上有这样一种东西，太可怕了"。上海以外的中国其他地区被认为是十里洋场上海的背面，这反映出一个可怕的逻辑，判断中心与本体的标准仍然是西方中心。国际资本与"自我东方主义"互相编织形成严密的逻辑线索，西方式的生活和西方品牌的堆砌构成了中国上流社会的贵族生活，郭敬明"自我东方主义"式的炫富实际指向在西方的消费文化符号系统中得到认

[1] 阿里夫·德里克：《后革命氛围》，王宁等译，中国社会科学出版社，1999，第89页。

可。他笔下的上海生活,如黄平所说,是一种"和历史脱钩的不及物的生活"。

主流文学批评将郭敬明小说中的上海与茅盾《子夜》、王安忆《长恨歌》中的上海相对比,认为他笔下的上海是纸醉金迷的,充满着虚无,只剩下一层物质的表皮。不能否认,郭敬明将上海描绘为一个奢华的、充满现代感的空间,难免存在奢靡拜金的思想与对物质的过分追求。作为"80后"作家,郭敬明人生阅历上缺乏厚度和广度,他的作品作为快销商品的意义大于文学本身,这是他的作品与经典之间很难逾越的鸿沟。茅盾、王安忆的笔力足以保证他们作品的经典地位不被撼动,但无论是《子夜》还是《长恨歌》,其中所描绘的上海早已被时间洪流碾压,成为过去时,而郭敬明对于上海的书写,是立足于当下的。对于这个高速发展、追求效率的时代,他所陈述的是最真实而深刻的。从这个意义上说,他的上海书写是成功的,他满足了人们对上海的所有期待。

沈从文乡土小说中的"先锋"意识

邵凤一
西南大学文学院

摘要：沈从文以湘西世界为背景创作的小说是现代文学"第二个十年"中最重要的作品之一。他以文本样式丰富多变、小说结构自由散漫为主的文本特征，以自然人性之美消解社会历史感为主的小说内容，以及眼界开阔的文学态度，都是对同时代文学思潮反其道而行之的重要探索，充分体现了他的文学"先锋"意识。

关键词：沈从文；乡土小说；先锋；实验性；消解

沈从文作为现代重要的小说家之一，在20世纪二三十年代左翼文学思潮的洪流中始终遗世独立，他集中创作于30年代的乡土小说具备超越时代局限的眼光，有了"先锋"意识的萌芽。本文将从沈从文乡土小说的文本特征、内容及他对文学的态度入手，通过与同一时期中国主流文学对比论证其"先锋"性。

一、沈从文乡土小说的文本特征

"先锋小说"在创作上表现出强烈的实验性，而沈从文被冠以

"文体家"的称号,也正体现了他小说创作的实验性。从总体上看,30年代的中国现代小说从"讲述"向"展示"的叙述方式过渡,逐渐趋于小说的"本体性"面貌,在小说创作中主要表现为主观情绪的宣泄让位于客观冷静的场面展示。故在现实主义文学占据主导地位的中国文坛,文学作品越来越注重还原社会现实,小说创作也越来越倾向于采用单一的、直线的展开方式,文体形式千篇一律。相形之下,沈从文在文体的创新上展现了惊人的想象力和创造力,苏雪林称他"永远不肯落他人窠臼,永远新鲜活泼,永远表现自己",而他自己也在《习作选集代序》中提出了"习作"的概念——"需要日子从各方面去试验,作品失败了,不足丧气,不妨重来一次;成功了,也许近于凑巧,不妨再换个方式看看"。这种"先锋"意识集中体现在他对乡土小说结构的处理上。首先是结构的多变,他的乡土小说从不出自同一个模型。如自传体形式的《在私塾》,具有古希腊神话色彩的《神巫之爱》《龙朱》,故事体的《七个野人与最后一个迎春节》《媚金、豹子与那羊》,散文诗一样的《边城》,等等,使他笔下的湘西乡土世界焕发出亲切、浪漫、神秘、哀伤等不同的色彩,各具风味。其次是他乡土小说结构的散漫。小说家往往注重对小说节奏的把控,在人物的出场和情节的过渡上张弛有度以吸引读者的注意力,而沈从文则反对这种按部就班的套路。"所谓'事物的中心','人物的中心','提高'或'拉紧',我全没有顾全到。"他的乡土小说情节发展没有严密的逻辑顺序,更像是一种即兴发挥,心里想到一处就写到一处。如《阿黑小史》中的第一小节"油坊",作者在小说中设置了一位独立于整个故事之外的叙述者,以讲故事般的口吻将油坊描述给读者:"先说油坊。油坊是比人还古雅的……"①随着叙述者思维的滑行,

---

① 沈从文:《沈从文小说选》(下),人民文学出版社,1993,第157页。

油坊周边的环境、油坊的主客、油坊内部的布置、榨油的流程等历历在目,但叙述者又时时打断情景:"领略了油坊,就再来领略一个打油人生活,也不为无意义——我就告你们一个打油人的一切吧。"①这种在长篇大论的背景渲染之后才让主人公登场并推动情节的手法在《柏子》中也有体现。从船写到岸,又从岸写到船,从绳索写到毛手毛脚的水手,又牵扯出水手在船上自由自在的生活,终于写到主人公柏子时,作者又对水手欢乐的生活大发议论——"酒与烟与女人,一个浪漫派文人非此不能夸耀于世人的三样事,这些喽啰们却很平常的享受着"②,再一次岔开了主线。这种随性的写作方式初步具备了一些意识流、元叙事等现代主义写法的特征,对于理性、客观、前因后果具陈的现实主义写作实现了重要的突破,充分体现了沈从文乡土小说的"先锋"意识。

二、沈从文乡土小说的内容倾向

20世纪30年代是无产阶级文学运动和人文主义文学频繁交锋、竞争激烈的时期,文学发展的基本面貌比20年代更多地受到现实政治斗争、阶级斗争、社会革命的制约和影响。在左翼思潮的影响下,对文学中的"人性"与"阶级性"问题的处理成为评判文学作品是否具备"现代性"的重要标准。阶级论典型即典型人物、典型环境等创作模式成为无产阶级文学创作的模板,而继承了"五四文学"之"人"的观念的人文主义文学也受到一定的影响。这一时期的作品关注社会,关注革命,塑造具有崇高美的革命英雄人物形象,文艺界的政治意识逐渐高涨,但对于个人精神状况的关注度却逐渐降低。沈从文没有随波逐流,他慧眼独具,仍选择以人性之美为故事的主要内

---

① 沈从文:《沈从文小说选》(下),人民文学出版社,1993,第161页。
② 沈从文:《沈从文小说》,浙江文艺出版社,2002,第38页。

容,一定程度上消解了社会责任感和历史的真实。他写《媚金、豹子与那羊》,写充满了原始气息的浓烈真挚的爱情;写《牛》,字里行间透露出人与牛之间的亲昵与默契;写《边城》,写老船夫与渡人"投我以木瓜,报之以琼琚"的淳朴赤诚……他不做"载道作品",也不写"民族文学",只想表现一种"优美,健康,自然,而又不悖乎人性的人生形式"。

他对于笔下人物的爱是超越阶级的,在他笔下的乡土世界里所有的人不分贫富,不讲地位,均以诚相待,充满了爱。《边城》里的船总顺顺,尽管有钱有势,又在营伍中混过日子,却能够保持本心,"为人既明事明理,正直和平,又不爱财"[①],成为一方人爱戴的中心人物。《贵生》中张四爷、五爷和贵生、鸭毛等人之间的关系,被写得很平等融洽。在对五爷的正面描写中,他对贵生他们总是有说有笑,有时招呼来做点事儿,也必定赏东西,这是一层;从侧面看,贵生等人也总是不穷不苦,"有鱼有肉",够吃够穿,有时"坐在火旁矮凳板上喝酒,一面喝一面说笑",可见张五爷并没有对他们大加剥削。而直到最后金凤嫁给五爷,贵生放火烧自己的房子,也只是反映了恋爱中的"不平等",而没有给张五爷扣上地主阶级强取豪夺的帽子。在革命文学风起云涌的时代里,能以理性的眼光看透阶级标签下人性的本真,不以阶级身份的不同就一棒子打死,沈从文对"人"的认识是有独到见解的。

他对乡村旧道德、旧伦理不做过分批判。《萧萧》一文讲述了一个"童养媳"的故事,比起介绍"童养媳"的风俗,小说更多的是在讲述这个"童养媳"萧萧的生活。从帮忙带小丈夫到被帮工诱奸怀孕,再到被发现面临沉潭的惩罚,最终因萧萧生下了男孩儿得到了

---

① 沈从文:《沈从文小说》,浙江文艺出版社,2002,第243页。

原谅。这个故事的题材和内容原本都是沉重的,可沈从文却把它讲成了一个美满的故事——人情的美满和人格的美满。如夏志清所说:"萧萧所处的,是一个原始社会,所信奉的,也是一种残缺偏差的儒家伦理标准。可是,事发后,她虽然害怕家庭的责难与惩罚,但这段时间并不长,并且也没有在她身心留下什么损害的痕迹。"人情的美满即在于婆家对萧萧的照顾和包容,从始到终没有苛待过萧萧,直到萧萧生下别人的儿子后婆家也"把母子二人照料得好好的,照规矩吃蒸米鸡和江米酒补血,烧纸谢神。一家人都欢喜那儿子"[①];而人格的美满也在于萧萧自身,在遭受不幸之后,她心灵的纯洁和人格的完整始终没有因此而减损。

"先锋小说"放弃对现实的真实反映,追求内心精神的真实及消解社会责任感其实也只是一种表象。"追求内心精神的真实"正是作者表达自己对外在世界看法的一种途径,以自己的理想型来反衬真实存在的不理想,以抽象来反映具象,以看似消解社会责任感的方式抒发对现实的不满。这些在沈从文的乡土小说中同样适用。他徘徊在城市与乡村的夹缝中,厌倦城市的黑暗,又无法重新融入湘西,于是创造了笔下田园牧歌式的湘西乡土世界聊以自慰。没有阶级对立,没有旧道德、旧伦理的迫害,这样的乡土世界实际上是不存在的,这就是他内心精神的真实;而作者歌颂的人性美也并非为了引导人们前往世外桃源,"你们能欣赏我故事的清新,照例那作品背后蕴藏的热情却忽略了,你们能欣赏我文字的朴实,照例那作品隐伏背后的悲痛也忽略了"。在朦胧的湘西美之外,沈从文为笔下的乡土世界赋予了一层悲剧的色彩,将现实的阴影投射其中,在清新之余暗藏了即将消亡的危机。

---

① 沈从文:《沈从文小说》,浙江文艺出版社,2002,第151页。

三、沈从文对文学的价值态度

沈从文不从属于任何政治党派,他以孤独的"乡下人"的身份自居,这就在左翼思潮席卷下的主流文学外,为文学审美意义的延续保留了一寸土地。他多次强调自己的作品不是"载道作品",也不是"民族文学",反对把文学当作政治宣传的工具,批判其"虚伪""浮夸""一会儿就成为过去"。他痛责假道学,强调作家应该专注于文学的本业。"我以为作家本无足贵,可贵者应他能产生作品"[①],"必贴近人生,透彻了解人生,用直率而单纯的心与眼,从一切生活中生活过来的人"[②]才能写出伟大的文学作品。他坚持要造自己的"希腊小庙",认为这不是为当事人所作的,但或许能够比这些人的寿命更长,得到后来人的肯定。作为一个有自由意志、独立思想的作家,沈从文对于自己作品价值的看法也是极为开放的,从不刻意地限定自己用某一题材、某一内容去传达某一固定的思想,"只希望读者能用欣赏方式留下个印象"。在作品完成之后亦肯定其独立的生命和有机的组织,为读者留出了遐想和再创造的空间。在这一点上,他又具备了西方后现代主义提出的"作者已死"的新潮思想。这些超脱的见解使得沈从文一度被扣上"空虚的作者""反动文学"的帽子,他对文学审美和情感的表达被文学界广泛低估,直到人们重新认识到尊重文学自身的特性和规律的重要性时,他作品的价值才得以被重新评估。

沈从文在《习作选集代序》里提道:"我希望我的工作,在历史上能负一点责任。"这些创作于20世纪30年代革命浪潮中的乡土小说并未得到时人的理解,但历经了岁月的淘洗后,它们都成功地从浩

---

① 沈从文:《沈从文全集》,北岳文艺出版社,2002,第382页。
② 沈从文:《沈从文全集》,北岳文艺出版社,2002,第237页。

如烟海的现代文学作品中脱颖而出。沈从文在乡土小说的创作中体现的"先锋"意识领先了后来的"先锋小说"近半个世纪,而这些"先锋"的、超前的意识也必将使得他的作品在任何一个时代都能适用,焕发出历久弥新的艺术生命力!

论王安忆笔下的母亲形象
——以《长恨歌》与《桃之夭夭》为例

孙弋宁

西南大学文学院

摘要：王安忆一向长于对女性形象的出众描写和对上海风情的细致描摹，其笔下的"弄堂女儿"颇受读者的青睐，而"弄堂母亲"却鲜少引起读者注意。笔者以王安忆的两部长篇小说为研究文本，借由对王安忆笔下的母亲形象进行研究，致力于把握"王氏母亲"的性格特点，发掘其与上海城市精神的内在联系。

关键词：王安忆；母亲形象；上海；城市精神

王安忆的笔浸透了十里洋场上的风花雪月与闺阁巷弄里的流言蜚语，将女性的心理描写得细致婉转，纤毫毕现。在传统的写作体系里，一个女性大抵会经历三种身份转变：为人女，为人妻，为人母。王安忆作品的视角多从未嫁女儿的视角展开，譬如《长恨歌》开篇的王琦瑶，以及《桃之夭夭》里的郁晓秋。因此，读者也往往更多地将视线聚焦于其笔下的未嫁女，而忽视了王安忆对于"人妻""人母"的塑造。但是未嫁的女儿总会有一日褪去懵懂而抚育自己的血脉,未嫁女们的母亲也非从一开始就是在成年人世界中纵横四方的成熟女性。王安忆所书写的母亲形象,事实上是"女儿性""妻性"汇入"母性"的有机统一。因此,研究王安忆笔下的母亲形象,能够更好地对其笔下女性人生历程的阶段性进行把握。

本文选取《长恨歌》中的王琦瑶与《桃之夭夭》里的笑明明(郁晓秋之母)作为分析对象有两层考虑。对于王琦瑶而言,"母亲"的身份只是她出场情节中的一个有机组成部分,是作者出于补充和完善人物的生命经历之需要而进行的添加;而对于笑明明而言,她的大部分出场有赖于自己"母亲"的身份,从故事开始,王安忆就有意识将她塑造为一个"母亲"。两个人的"母亲"身份在各自的完整剧情中分别占从属和主导地位,因而保证了研究对象的多元性。另外,王琦瑶和笑明明的成长轨迹都与上海有着千丝万缕、血肉相连的关系。人是城市精神的折射,城市风貌又影响着人的轨迹。通过分析、对比二人的同轨印迹,我们得以进一步认识王安忆笔下的母亲形象,把握王氏母亲与上海城市精神的联系。

一、母亲形象的共同点

(一)生命历程的传奇性

在传统的认知里,母亲应该是素面朝天,不施脂粉,荆钗布裙地围着灶台打转的,某种意义上宛如一个受人敬重的老妈子。纵然曾是九天之上的玄女,下凡来到夫家的时候也必须把绫罗绸缎的琳琅过去统统埋葬起来,不见昔时惊鸿名。但是,王安忆笔下的母亲都是美丽光鲜的,自有一番风情。成为母亲,是这些传奇女子的大隐隐于世,深藏功与名。王琦瑶曾是名动上海的沪上淑媛,是选美大赛里美得沁入人心的三小姐,是令权高位重的李主任一见倾心、再见钟情的少女,每一段经历都不同凡响,绝不是可以发生在寻常巷陌、俯拾即是的平凡事例。王琦瑶的种种注定要成为流言蜚语的一部分,成为传奇的一部分。笑明明也是如此。她的经历不似王琦瑶的一般声名远扬,但也光鲜亮丽。她幼年登台成名,少年凭借自己的聪颖孤身赴港,后又回到内地,辗转于南方各地的戏台之上,一生中的大部分时间都活跃在台前,漫长的演艺生涯使她的人生染上了传奇色彩。除此之外,王琦瑶和笑明明都是单身母亲,在当时的时代背景下,单身母亲的身份也是具有话题性的,这也加强了她们的传奇性。

相较于王琦瑶和笑明明的烈火烹油,繁花似锦,她们的女儿都是世俗的,平凡的。薇薇从卫校毕业后成为一名护士,同沉稳的男朋友小林结婚,后又前往美国。郁晓秋少年登台,但未能像母亲笑明明那样拥有演员人生,而是在时代的浪潮下上山下乡。在爱情上,郁晓秋的经历也称不上绚烂,被初恋男友背叛后,她作为续弦嫁给了自己的姐夫。薇薇与郁晓秋的选择,都充满了人间烟火气,母亲的浮华与女儿的世俗形成对比,一个是镜花水月的繁华之虚,一个是掷地有声的苍白之实,两种迥然不同的生活轨迹,带给读者以更多的思考。

(二)散漫的后天母性

相夫教子的传统标签,在王安忆的笔下被彻底撕掉。作为单身母亲的王琦瑶和笑明明,"相夫"的前提就不存在,而"教子"实现的可能性也微乎其微,这与她们的心理状态有关。王琦瑶和笑明明在内心深处都保留着属于"为人女"的自私和娇憨,这使她们比起关注孩子,更倾向于关注自己。她们总是徘徊在女孩儿和母亲的身份之间,大部分时间她们更像一个带着幼妹的长姐,共同钻研脂粉、发型、衣饰,乐此不疲;偶尔她们才会发觉自己应当做一个母亲,但是在象征性的管教(打骂、说教)后,她们又一次选择放养子女。在母女的相处中,我们很难看到传统的"母慈女孝"的场景,也不会有令人潸然泪下的脉脉温情。在女儿女性生命历程的重要阶段(生理上有初潮、发育等,心理上有情窦初开等),王氏母亲是缺席的。在某些重要决策上,她们的身影可能会再次出现(如薇薇和郁晓秋的婚嫁),但这种陪伴更多的像是来自传统道德伦理的要求,而非一个母亲对女儿的爱。在这种散漫管理之下,下一代懵懂成长的历程不可避免地带上了自由与野性的色彩。

(三)鲜明强烈的性别意识

在很多作家笔下,一个家庭中的母亲和女儿往往存在着互相压制的关系。性别意识强的一方往往占据上风,得以霸占话语权;战败的一方则黯然失色,或选择愤然出离,或选择懵懂逃避。王琦瑶和笑明明,显然都具备着典型的性别特征与性别意识,红唇、美貌、丝袜、高跟鞋是她们的代名词,然而正是两人的女性特质过于强烈,导致了薇薇和郁晓秋的自我性别认知遭到打压。薇薇总是在试图挑战母亲,以叛逆母亲意愿的方式追求时尚,可惜屡战屡败。她的内心对于自身的女性身份充满了向往和追求,但因为母亲的貌美在客观上打压了她,因此只能选择出离,远走美国。这是她对自我追求的一种实现。而反观郁晓秋,在母亲的压制下,她变得"美而不自知",渐渐成熟的肉体与暗潮涌动的精神都不成为使她关注与自豪的因素。笑明明强烈的性别意识使她成为郁晓秋服从的权威对象,也正因如此,郁晓秋选择服从母亲的安排嫁给了自己的姐夫做续弦。薇薇和郁晓秋不同的生命轨迹,都体现出了王琦瑶和笑明明鲜明性别意识的影响。

二、母亲形象的内涵书写

中国长期以来的男权社会结构不仅影响了两性在政治、经济上的地位,更导致了男性在文化上(或者说文学上)的话语权优势。传统文学中的女性形象通常是被男性作家所塑造的,因而具有符号性的特点。为女则才貌双全,舒柔贞静;为妻则贤惠大度,持家有方;为母则更是无私奉献,和厚宽容。但这并不意味着男性作家在切入女性题材时无法塑造出有血有骨的形象。事实上,最早打破传统文学女性符号的正是男性作家曹雪芹。近现代以来,鲁迅、茅盾、老舍、苏童、莫言等都曾经创造过丰满、鲜活、深入人心的女性角色。男性作家的巨擘成就提升了女性作家在创作女性形象时的难度,读者以严苛的眼光审视着这群因为自己生命体验而获得特殊角度的"作弊者",在高度的心理压力下,女性作家往往选择另辟蹊径甚至另辟险径来达到自我实现与社会认可。例如,林白、陈染等女性作家选择进行身体写作,大胆用女性的声音描述情欲。又如充满先锋和挑战意识的残雪,用崭新的方法重构人物形象张力。当然,还有野心勃勃的严歌苓,她狠狠地将时代脉络与女性命运编制在一起,字里行间充满了一决高下的斗志。

但王安忆与他们都不相同。她既没有传统作家物化女性的傲慢,也不带有现代男性作家的审视,与其他女性作家更不尽相同。我们不能把她划分为女权或者女性主义作家的范畴,王安忆本人也多次在公开场合否认这一点。王安忆无意割裂地展示女性生命形态,相反,她愿意书写人物身上女儿性、妻性与母性的统一,从而实现一种完成和圆满。

鲁迅在《而已集·小杂感》中写道:"女人的天性中有母性,有女儿性;无妻性。妻性是逼成的,只是母性和女儿性的混合。"斯言诚是。无论是王琦瑶还是笑明明,在自己的伴侣面前都具有两面性。一面是小女儿式的娇憨,一面却是安抚和体贴。妻性事实上是母性的延伸,稍有处理不当,便会使妻性变成了一种向男性献媚求取婚姻的工具,譬如《围城》中,苏文纨为方渐鸿打理内务,搔贤妻之首,弄惠妇之姿,反而令读者啼笑皆非。而王安忆笔下的王琦瑶,在十九岁成为李主任的情人,看着李主任灰白的发与梦中的挣扎,她会本能地怜惜,这种表达就使带着母性的妻性展现得淋漓尽致。当然,哪怕是被逼出来的,妻性与女儿性、母性也有着不同。一个未嫁的女儿很难有妻性,母性或可对小猫、小狗、小婴儿予以施展,妻性却是只有被丈夫所引导才能产生。但是一个母亲却可以保有妻性,无论是丧偶抑或离异,为人妻的记忆都深深镌刻在她的生命之中,因此母亲天然具有母性与妻性。那么,母亲身上是否具有女儿性呢?不同的作家有不同的写法。有些母亲只有扭曲畸形的母性而无女儿性(例如鲁迅《明天》中的单二嫂子),有些母亲身上依然有属于女儿的天真烂漫。闺阁女儿最鲜明的一个特点就是在梳妆打扮上用心。笑明明的丝袜、皮草、红唇与香水,王琦瑶烫了发因为效果不如人意便索性剪出了一片清爽,都是一种带有女儿气的美好。时间或许可以剥夺她们青春时的美,却无法剥夺她们向往美、追求美的权利。

　　因此,我们可以看到王安忆笔下的母亲具有这样一种特性:女儿性、妻性、母性的统一。

三、母亲形象与上海都市

"《长恨歌》是一部非常非常写实的东西。在那里面我写了一个女人的命运,但事实上这个女人只不过是城市的代言人,我要写的其实是一个城市的故事。"王安忆如是写道。这种写尽上海风情的野心也在她的字里行间体现得淋漓尽致。"五四"以来,以上海作为背景进行文学创作的小说屡见不鲜,但作家们大多采用全景式的描写。上海是一个巨大的舞台,是一个木讷冰冷的象征,红男绿女在这里上演爱恨情仇,上海在这些故事里只是一个摩登而繁华的符号,是僵直地负载着故事的背景板。但王安忆不是这样的,她是怀着一种细致入微的爱意去描摹上海的,她笔下的故事只能发生在上海,人物的命运与城市的呼吸紧紧缠绕在一起。那么,上海何以寄托了王安忆这样的情怀呢?我想这与上海的女性特质不无关系。前文已经提到过,王安忆向来以对女性形象的塑造而见长,为了使人物得到一个呼应的环境,故事的背景也应当发生在充满女性气息的城市。上海从它走进人们的视野之初就带着旖旎的风情。明清时期上海的纺织业发展水平位居全国前列,"纺织"一词本身就带着女性特质,男耕女织是自古因循的惯例,女性既从事纺织,又享受纺织品带来的美。上海与女性相辅相成。从那时开始,上海似乎一直是女性的天下,以至于当我们提起上海男性的时候,我们总是说"上海小男人",仿佛生长在上海的男性,举手投足间多少被这座城市的气质沾染了,变得温顺、甜美。上海的闺阁气,实在无须多言。

人影响着城市,城市也塑造着人。王安忆笔下的母亲,其实都倒映着上海的影子。小女儿的欲望是上海的欲望,女性天然更容易被欲望俘获。西蒙娜·德·波伏娃在《第二性》中写道:"女人的不幸则在于被几乎不可抗拒的诱惑包围着;她不被要求奋发向上,只被鼓励滑下去到达极乐。"《长恨歌》中河南饥荒,饿殍遍地,男人们主持选美大赛,巧立名目用以赈灾,而女性只能被包装打扮后推向前台,她们被华美的衣服、芬芳的花朵、名、利包围着,没人要求她们心系民生,人人都在要求她们美丽。她们陷入欲望之中,自己也成为欲望的一部分。无论是王安忆,还是笑明明,都在渴望着让自己的美貌变成现实价值,她们不要求"建功立业",但她们都希望"出人头地"。欲望之所以被称为欲望,就是因为它在产生之初就带着惰怠性和散漫性,并以享乐为最终目的。上海一度正是如此。作为通商口岸的上海,其经济发展堪称迅速。这座十里洋场恰如其名,它是欲望的温床,野心家们在这里投机,浪荡子们在这里作乐。王安忆并不避讳去描写这种存在,但在灯火辉煌的欲望之夜结束后,随之而来的往往是颠沛流离的清晨。王安忆的态度,由此可见一斑。

当然,上海不止"欲望"这一个特质。她还有包容,还有小市民性。她的包容是具有妻性的,她全盘接纳无数陌生的生命带着自己的人生在自己的怀抱中安身立命,恰如一位妻子听凭自己的人生与另一个男人系到一起。而至于小市民性,王安忆自述过:"我觉得上海最主要的居民就是小市民,上海是非常市民气的。市民气表现在对现实生活的爱好,对日常生活的爱好,对非常细微的日常生活的爱好。"这样的琐碎,这样的家长里短,非母亲绝不可以做到。闺阁是细腻的,但是女儿家的琐碎全是脂粉奁里的琐碎,而不是菜涨了几角几分的琐碎。从不食人间烟火的象牙塔,到红尘里滚了几滚,用手把耳边散乱的鬓发理了理,活出一个为母则刚。上海是欲望,是接纳,是小市民的市侩气;王氏的母亲们是女性、妻性、母性的统一。因此,王安忆笔下的母亲是上海的缩影,城市的风情与文化都在她们的举手投足、一颦一笑之间。

王氏母亲,她们存在于上海,她们就是上海。

王安忆笔下的母亲以女儿性、妻性、母性合一的特点成就了其独一无二的形象,这个形象即她希望传达给读者的上海形象。上海包容她们,她们诠释上海。我们阅读母亲们的一生,其实就是在阅读上海历史的缩影。

参考文献:

[1]王安忆.长恨歌[M].北京:人民文学出版社,2019.

[2]王安忆.桃之夭夭[M].北京:人民文学出版社,2019.

[3]王安忆.心灵世界:王安忆小说讲稿[M].上海:复旦大学出版社,2007.

翠翠的孤独
——析《边城》的主题

蔡萍

西南大学文学院

摘要：翠翠,是小说《边城》中的女主人公。清纯可爱、天真善良的翠翠一直被视为"爱"与"美"的化身,但在翠翠的成长过程中,有一种情绪常伴左右——孤独。极具孤独意识的沈从文塑造出一个美好又孤独的翠翠形象,有其丰富的言外之意。本文主要透过翠翠的孤独表现来剖析沈从文写《边城》的希图。

关键词：《边城》；翠翠；孤独；主题

何为孤独？所谓孤独,是只有在同人的接触中才能体会到的一种感受和情怀。全然的、真正的孤独,不是一个人置身于空无中所感受到的无助与恐惧,而是在与人的接触中感受到的不被理解、隔膜和疏离。《边城》中的翠翠,表面上天真可爱,无忧无虑,实则内心却饱含着不被理解的孤独情绪。作者赋予翠翠这种与外在形象不相称的孤独情绪,终究是自我意识的转移与言说。

一、希冀冲出爱情困境，追求独立、健全、相互理解的爱情

翠翠是一个极其复杂而丰富的人物。在她的身上，我们至少可以看到五个人的身影。翠翠清纯朴实的形象、明慧温柔的品性来自沈从文眼中的崂山少女、线铺小女孩儿、自己的初恋以及妻子张兆和，个人的成长史却透露着沈从文自己的影子。在形象和品性方面，翠翠和原型之间形成一种同构关系；在感情方面，这里特指爱情，翠翠和原型是一种同构与代偿相互配合的关系，可以理解为故事同构与情感代偿的结合。

沈从文的初恋经历与翠翠的爱情有某些相似之处，都是在自由、独立的意识支配下萌生爱情种子的，最后也都死寂于文明的土壤中。沈从文在芷江的时候，认识了一个女孩儿，那女孩儿细腰长身，体态轻盈，白白的脸庞上飘着一片绯红的笑靥，带着几分羞赧闯入了沈从文的心中。18岁的年龄，在自然法则的支配下，沈从文第一次体验到那个名叫"爱情"的东西。他毅然拒绝做熊捷三和店老板的女婿，无日无夜地给心爱的女孩儿赶制旧诗。但最后为了自己的计划，他将这份"爱情"埋入了乌有之乡，并且将自己在芷江的"女难"视为一种盲目的情感产物。他和喜欢的女子很少见面，甚至比翠翠和傩送见面的机会还要少，而真正让他们心动的也不过是初见那一刹那的心动。就恋爱模式而言，从感情的萌动到陷入选择的困境，再到最后的悲剧性结果，沈从文和翠翠就像孤独的勇士，在渴求与迷茫之间挣扎，直至幡然醒悟。虽然结局看起来有所不同，沈从文是真的失败了，翠翠似乎还有希望可言，但沈从文也未过多地给予翠翠机会，这份爱情终究是一场悲剧。从一个侧面来说，翠翠正是当年的沈从文。在《边城》中，我们能感觉到沈从文在宣泄自己的情感,一个爱情萌发的适当年龄,那份压抑的对爱情的渴求,那份孤独的痛苦的挣扎,在这个不幸的故事上得到了释放与补偿。

而沈从文的婚姻与翠翠的爱情之间更能体现这种代偿关系。提及沈从文和张兆和,许多人都会认为这是一段缱绻缠绵的爱情佳话,他们是无数人心目中的神仙眷侣。其实,这是一段相互不理解的婚姻。沈从文深切地爱着张兆和,用胡适的话来说——"他顽固地爱你",而张兆和的态度呢?借她自己的一句话——"我顽固地不爱他"。张兆和是出身名门、知书达理的世家女子,沈从文是来自湘西荒蛮之地的穷苦青年,张兆和被沈从文的浪漫与执着所感动,允许这个"乡下人"来家里喝杯甜酒。可一时感动带来的爱情终究是不牢固的,张兆和从未真正了解沈从文。婚后的生活,自然是处处不顺,时时闹心。她不喜欢沈从文"打肿脸充胖子,不是绅士而冒充绅士"的品行;她也不喜欢沈从文的文章,即使这些文章中的美人都是以她为原型。她不懂沈从文,也从未尝试真正去碰触沈从文的内心。沈从文去世七年后,张兆和整理他的遗稿,写下了这样的文字:"从文和我相处,这一生,究竟是幸福还是不幸? 得不到回答。我不理解他……"沈从文在这段爱情长跑中孤独地前进着,他永远是主动的、不被理解的一方。自己的爱情困境让他越发陷入孤独的境地,所以他将自己对爱情的渴求以及烦扰倾诉在这个与张兆和形似的翠翠身上。

因为出色的容貌,温良的脾性,翠翠是大家眼中的美女子。船总顺顺的两个儿子,天保和傩送都喜欢上了翠翠。此时的翠翠,在感情中占据有利地位,属于被动的一方,这与沈从文在感情中的地位恰恰相反。"翠翠坐在溪边,望着溪面为暮色所笼罩的一切,且望到那只渡船上一群过渡的人,其中有个吸旱烟的打着火镰吸烟,且把烟杆在船边剥剥地敲着烟灰","另一件事,属于自己不关祖父的,却使翠翠沉默了一个夜晚"。翠翠没有父母,没有姊妹,没有朋友,只有祖父相依为命。渐渐长大的翠翠内心有了骚动不安的情绪,少女单纯而隐秘的内心萌生了对爱情的渴望。当傩送出现时,少女的羞涩和腼腆又令她无所适从,满腔心事,无人能诉说。虽然选择权在翠翠手中,但翠翠对爱情的追求缺乏主动性,她是一个等待爱情、相信爱情终将会到来的典型代表。翠翠在风日里长养着,自然既长养她且教育她,处处俨然一只小兽物。成长的环境铸就了翠翠一切顺乎自然的性格,加之她对祖父的依赖,让这段恋情显得越发扑朔迷离。翠翠心里喜欢着傩送,她不知如何表达;祖父不能真正理解青春少女的情怀;天保和傩送为了她而"斗歌",她也毫不知情,只想着在梦里摘虎耳草的美好。翠翠、祖父、天保和傩送都站在自己的角度,凭着自己对事情的理解自发地开展故事,他们之间缺乏相互理解,傩送误以为是祖父弯弯曲曲的性格导致天保的死亡;翠翠则误以为傩送要碾坊而不要渡船。情窦初开的少女这份欲诉难诉的心事,这般由渴求爱情到陷入爱情困境的孤独情绪,既是沈从文的自我叙述,也是沈从文一直想要冲破的牢笼。

  翠翠的爱情是沈从文的初恋和婚姻共同熔铸的产物,处处闪烁着沈从文的影子。这个影子,不是具体实在的物象,而是一种贯穿始终的情怀与感受——孤独情绪。沈从文曾表示,想借从桃源上行七百里路酉水流域的一个小城小市中的几个愚夫俗子,被一件普通大事牵连在一起时,各人应得一分哀乐,为人类"爱"字作一度恰如其分的说明。《边城》里,爱与被爱都是极其自然的事,这和沈从文早年漂泊于芷江对爱情的观念——"不做有势力亲戚的女婿"一拍即合。翠翠的感情世界纯洁美好,超越了世俗的利害关系,她对傩送的感情自主自为。而傩送，一开始就明确地追求翠翠，丝毫不受财富和社会地位的影响，"不要碾坊要渡船"。这种原始乡村孕育下的超乎自然的朴素感情，表现了自然情爱的高尚。沈从文构造出这样一段理想和谐的爱情故事，也在表达自己对冲出爱情困境，去追求一种自由、健全、相互理解的爱情的渴望。

二、表达对文学信仰的坚守，追求独立、自由、博爱的人格

文学事业是沈从文毕生钟爱的事业。在《边城》的题记中，沈从文谈到自己的创作动机，"我这本书只预备给一些'本身已离开了学校，或始终就无从接近学校，还认识些中国文字，置身于文学理论、文学批评以及说谎造谣消息所达不到的那种职务上，在那个社会里生活，而且极关心全个民族在空间与时间下所有的好处与坏处'的人去看。""我所写到的世界，即或在他们全然是一个陌生的世界，然而他们的宽容，他们向一本书去求取安慰与知识的热忱，却一定能使他们把这本书从容地读下去的"。这些人是社会上的小人物，而沈从文是其中的代表。当民族被历史所带向一个不可知的命运之时，他们在变动中产生的忧患情绪，以及由于营养不足所产生的"活下去""怎样活下去"的观念和欲望便愈发强烈。写给少数人看的《边城》实质上是沈从文的自我抒写。创作已然成为他的一种存在方式和生命形式，远非一种谋生的工具。只身来到北京，对泼冷水的亲戚，他毫不犹豫地说："我来北京寻找理想、学习和读书。"这是他为之奔波的文学信仰。《边城》的创作对沈从文来说，无异于一种"孤独与苦闷"的象征，也是缓解和释放由现代生活的缺失性体验所带来的个体焦虑的强烈需要，具有自我救赎的性质，不过采取救赎的方式却是"美丽的""浪漫的"。翠翠便是美丽与浪漫的化身。在风日里长养着的翠翠,明眸灵秀,分外绰约动人。她生长于纯朴的风气中,快乐无忧,自然良善。实质上,在塑造翠翠的形象之时,沈从文也在重构自我,或者可以说这就是沈从文对自我形象的展示,对自我生命中神性的具象反映,社会现实所带来的失望性体验在翠翠这里得到了消解与满足。

傩送之于翠翠正如文学之于沈从文,是信仰般的存在。在文章中,翠翠与傩送的互动很少,故事的生发与续接几乎都在端午节。情窦初开的翠翠,与其说喜欢傩送,不如说她喜欢的是"爱情"。爱情带给她的悸动与不知所措,她从未体验过,甚至觉得很奇妙,这是一种情感的丰富与成长,也是对从小缺失的亲情和友情的一种变相补偿。茶峒小镇这般平和的生活更是促使翠翠要去探索这个让自己焦虑与苦闷的因子。而这和沈从文为自己的文学信仰奔波的过程大同小异。幼时的沈从文在学校中顽劣、叛逆,多次逃学;后来从军,经历种种磨难之后毅然脱下军装再次回到学校学习。就像凤凰涅槃,沈从文想用学习的烈火换取灵魂的解脱和净化,达到自我救赎的目的。这是他在这个"寄生"社会里最想坚守的东西。正如他所说——我现在除了信仰一无所有。文章的最后,翠翠依偎着白雪覆盖的渡船,依旧守候着自己的爱情,实质上在隐喻沈从文对文学信仰的坚守。

沈从文不依附于任何政治团体或人物,他只想在文学艺术创作领域寻找人生的真谛,探求人类社会崇高的美好意境。他一直坚持"自由、博爱"的创作导向,不加入任何流派和组织。沈从文的创作忠实自己的情感,他认为一切作品都需要个性,都要浸透作者的人格和情感,要达到这个目的,写作时就要彻底地独断!在那个文学被视为商品的时代,沈从文虽不排斥自己的作品像商品一样出售,但他仍然坚持作品的精致与独特。创作者需要匠心独运，不落窠臼，社会流行的风格与款式，尽可置之不问。他创作态度的核心是"独立"和"自由"，希冀达到"博爱"的效果。如前面所说，这本书是为一些小人物而写，所以这个"博爱"不是要"广泛地去爱所有人"，而是强调人应该具有的一种"为社会而思考"的怜悯意识。这样的创作态度和希冀必然走向的是人格的独立、自由和博爱。在战火纷飞、社会濒临支离破碎的时代，他为我们建造了一座希腊小庙；在作家主张"文学为斗争的工具"，纷纷转向都市文学之时，他并不去迎合众人的骚动，而是安心做自己的事情；在大家把自己作品中的主人公换成为革命而壮烈牺牲的英雄之时，他依旧用翠翠这样的少女形象为自己发声。翠翠的情绪从原来的天真无邪、无忧无虑转为后来的孤独与苦闷，实质就是沈从文于1922年到北京直至着手写《边城》这段时间内自我情感的转变历程。翠翠的身上融注着沈从文30多年生命历程所体验的"哀"与"乐"。因为追求人格的独立与自由而孤独，即使孤独，也要追求人格的独立与自由！

三、表达对民族文化和个体存在的操心，希冀把握命运的主动权

李欧梵说，沈从文先生只是在写自己的形象，借作品中的形象来抚慰自己和缓解自己的孤独感。不全是这样。

他极力表达自己的孤独意识，透露出一种精神返乡和崇尚原始的情绪，是对变异的现代都市文明无声的反抗。写《边城》之时，已经在城市生活近十年的沈从文于精神层面始终无法融入其中。这座用金钱和权欲搭建的城市，被笼罩在浮华与冷漠之中，到处都充斥着隔离与混乱。他的生活四处碰壁，身边少有志同道合的朋友。

城市拒绝他,他也同样拒绝城市。这种陌生感和阻拒感使得城市在他的笔下更是显得直言不讳的冷漠与无情,与之俱来的则是他对干净朴实的乡村文明的歌颂与赞美。在《边城》中,我们可以看出沈从文对湘西的钟爱。他眼中的湘西不是乌托邦式的存在,它代表与城市文明相对立的空间,是民族文化浸润下的社会形态和生活模式。他留恋的是湘西对他的接纳与包容。那里的人单纯、真诚、健康,对生命充满敬畏,用自己的灵魂来爱人。那里的环境美好、和谐,人与自然共生共长。这些恰恰是沈从文追求的充满"爱"与"美"的"人生形式"。文章中多次提到的"碾坊"和"渡船",实际是一种文化的隐喻。"碾坊"是一个生产利益的地方,一座碾坊的出息可收七升米、三斗糠。它是具有物质诱惑力的意象,代表着由物欲所主宰的都市的存在方式和形态;而"渡船"代表的是翠翠,也代表着湘西古朴、原始的生活形态。沈从文一再让傩送做出要"渡船"不要"碾坊"的决定,一方面表明了其对湘西社会形态存在的决心,另一方面也唱出了长期受压迫而又敏感的湘西人民心坎里的浓郁隐痛。还有一个老生常谈的话题便是"人性"。"其讴歌了湘西人民原始古朴的人情美和人性美"——这是大家普遍认知的《边城》的主题。与其说是在写人性,倒不如说这是沈从文所追求的"神性"的具体表现。何为神性?神性是至真、至善、至美的人性,是心灵的救赎,是一种极致的道德信仰。拥有神性的人,饱含着对爱与美的追求。《边城》中讴歌的至真至善至美的人性,同样是湘西文化浸润的产物。他着重描写这一部分,实质上是有意突出湘西文化的优越性,颇有拔高的成分。

  湘西这般圣洁美好,生活在其中的人仍逃脱不了孤独的纠缠。祖父孤零零地死去,傩送孤独地出门远行,翠翠孤独地守着渡船。可见,沈从文在《边城》中要表现一种具有普遍意义的存在情绪和存在状态，个体对自我存在的孤独体验和隐忧情绪。沈从文的这种情绪表现，与海德格尔所说的"此在之在"有相似之处，是一种根本的生存情绪。翠翠身上寄托着作者过去生命中的哀与乐。在她的身上，生动地表现了对存在的操心与隐忧。翠翠犹如一个孤雏，整个成长过程只有祖父和黄狗陪伴，但祖父随时可能离去，翠翠的未来在哪里？随着年龄的增长，"茶峒人的歌声，缠绵处她已领略出"，她开始孤独起来，惆怅起来。翠翠的爱情经历也是一波三折。少女的羞涩，祖孙三代之间的隔膜与"碾坊"的诱惑，让翠翠想到自己只是一个"光人"。"碾坊陪嫁，稀奇事情"，但她只有渡船。月下为她唱歌的少年不是请媒婆来说媒的人。她忧心忡忡，"只是想哭，可是也无理由可哭"，甚至已然想到要离开祖父，独自一人"坐船下桃源县过洞庭湖"，这是她潜意识里企图摆脱祖父的安排，独立地支配自己，自由地选择人生道路但又畏惧外力压迫的具体表现，因为祖父"拿把刀"会"杀了她"。无法掌控自己生命所带来的"茫然失措"让翠翠"无'家'可归"。三番五次要祖父回来，可以看出翠翠的脆弱和对祖父的依赖。沈从文又偏要她能"硬扎一点，结实一点，才配活在这块土地上"！当经历了祖父的死亡，弄明白了傩送出走原来与自己有关，翠翠对自我存在的操心便愈发明显。她孤独地守在渡口，等着心上人归来。这个人也许永远也不会回来了，也许"明天"就回来了，这其间包含着她多少的牵念和隐忧情绪。

  沈从文对人生的关心和担忧，来自湘西社会朝现代社会转型过程中，受到外部世界"竞争"压力下所面临的生存危机。正如沈从文所说："这或许是属于我本人来源于古老民族气质上的固有弱点，又或许只是来自外部生命受尽挫伤的一种反应现象。"这种危机感使之在关心和担忧着自己未来的同时，也关心和担忧着湘西下层人民不可知的未来,为他们终将"结束于无可奈何情形中"感到悲悯。而在《边城》中,傩送的出走,则是一种抗拒外在压力的表现。在表达对存在操心的同时,也饱含着一种对主体性的呼唤。在关系人生命运抉择的重大问题上,他希冀无论是作品中的主人公还是自己都要有自主自决的意识,能够努力去摆脱外在的枷锁,自由地选择自己的人生道路。

从翠翠的孤独情绪中,我们可以得出沈从文的三种写作希图。于翠翠孤独的追爱之旅中,我们可以看出沈从文希冀冲出自己的爱情困境,去追求一种独立、健全和相互理解的爱情。于翠翠坚贞地守候爱情中,我们可以感受到沈从文对文学信仰的坚守,对追求独立、自由、博爱的人格的决心。于翠翠整个孤独的成长历程中,我们可以读出沈从文希冀把握命运主动权的渴望。从翠翠的孤独入手去解读沈从文写《边城》的希图,可以帮助我们更加全面地品读《边城》这部作品,更加深刻地了解沈从文此人。

参考文献:

[1]沈从文.边城[M].武汉:长江文艺出版社,2017.

[2]张新颖.沈从文的前半生:1902—1948[M].上海:上海三联书店,2018.

[3][美]金介甫.他从凤凰来:沈从文传[M].符家钦译.北京:新星出版社,2018.

二 中国古代文学研究

《红楼梦》里的灰色人群
——《红楼梦》中嬷嬷形象价值分析

杨鸿霄

西南大学文学院

摘要：红楼人物历来就是读者和评论家们关注的对象，但对小说中的嬷嬷们，研究者却较少涉猎。在《红楼梦》的女性世界中，嬷嬷是一个别有意义的群体，她们地位特殊，阅历丰富，精于算计，唯利是图。她们有些可憎可恶，有些可敬可怜，有些可鄙可恨。她们的形象既揭示了这类人物独特的生命内涵，丰富了我国古代小说人物宝库，又是全书展开矛盾冲突、推动情节发展的重要艺术手段。这些无法拥有名字的只能被人称为王善保家的、周瑞家的、林之孝家的、秦显家的、费婆子、夏婆子、柳婶子、某嬷嬷……的嬷嬷们，正是《红楼梦》的女性世界中一群别有意义的构成。

关键词：《红楼梦》；嬷嬷形象；生命内涵

嬷嬷，一般指老年妇女，后引申为仆妇、乳母。有关"嬷嬷"的记载最早见于明代梅膺祚编著的《字汇·女部》，其中"嬷……俗呼母为嬷嬷",明确指出"嬷嬷"是"母亲"的俗称。元朝武汉臣的杂剧《生金阁》第二折中写道:"我家中有个嬷嬷,是我父亲手里的人……"此处的"嬷嬷"指老年仆妇。后来很多文学作品中也有同类人物,如明汤显祖的《邯郸梦》、明末凌濛初的《二刻拍案惊奇》、清魏秀仁的《花月痕》、清文康的《儿女英雄传》等。较于前人的这些作品,《红楼梦》中的嬷嬷形象更多且更丰富。

众所周知,人物描写最终要服务于作品的主题。《红楼梦》自然不例外,曹雪芹在其中刻画的人物群体是服务于其表达悲剧主题的总体结构的。在《红楼梦》中,不难发现嬷嬷有着极高的出现频率,曹雪芹曾在书中提到荣府上下大约三四百丁,除却一部分男丁以及大小丫头们,老嬷嬷、管事婆子一众占有相当的比重。贾府中女性主子数量较男性主子要更多,由此决定了女仆的不可或缺性,而这些嬷嬷、婆子们在贾府日常事务管理方面,在年轻主子生活料理与行为教育方面同样发挥着十分重要的作用。贾府中的中老年仆人主要由奶妈、陪房、管事婆子等群体组成。该部分人群是贾府日常生活管理的重要执行者,然而伴随欲望的升级,在宁荣两府这两栋高楼之下,免不了灰色阴影的存在,自然地衍生出权力的黑幕。由此可见,对《红楼梦》中老年女性仆人形象开展研究,有着十分重要的现实意义。

一、《红楼梦》中嬷嬷群体分类

(一)乳母群体

乳母在贾府中的地位非同一般,其地位之高主要有两个原因:一是贾府善待下人,二是贾府的家风与当时的社会传统。曹雪芹的祖上正是康熙的乳母。在过去的达官贵族家庭中,新生儿出生后往往不由其生母直接抚养,而是通过乳母喂养长大。小主子在乳母的哺育下成长,因而与乳母建立起了十分密切的关系,所以乳母在家庭中扮演着十分重要的角色。但是有些乳母在小主子长大后往往不懂得适时优雅转身,反而躺在那几口奶的功劳上,仗着主子的势,倚老卖老,落得个讨人厌烦、自取其辱的下场。《红楼梦》中,提及有姓氏的奶妈包括赖嬷嬷、宝玉的奶妈李嬷嬷、黛玉的奶妈王嬷嬷以及贾琏的奶妈赵嬷嬷,其他奶妈则未提及姓氏。

1.李嬷嬷

李嬷嬷是贾宝玉的乳母,在贾府中地位自然是不低的。李嬷嬷也是作者着墨较多、人物形象比较丰满完整、人物描写不乏华彩的一个形象。

在第八回中,薛姨妈留宝玉用饭,李嬷嬷便千劝万劝不让宝玉吃酒,几番不听劝,还拿出老爷来唬:"你可仔细老爷今儿在家,隄防问你的书。"[①]这一段描写得尤为精彩。出发点倒是为子女考虑的乳母形象,埋怨之中夹杂着些许可靠的地方,当然也是怕老爷太太们知道之后责罚。然而,宝玉对待李嬷嬷的态度则较为疏远。李嬷嬷后面将贾宝玉特意留给晴雯的吃食和茜雪泡好留着的枫露茶一并都吃了,惹得宝玉大怒,直言:"他是你那一门子的奶奶,你们这么孝敬他?不过是仗着我小时候吃过他几日奶罢了,如今惯的他比祖宗还大。撵了出去,大家干净。"[②]可以说,李嬷嬷因为自己是宝玉乳母而自视甚高,但宝玉对她满不在乎,因此使得李嬷嬷在贾府中处在十分尴尬的境地。

---

① 曹雪芹:《红楼梦》,人民文学出版社,2018,第124页。
② 曹雪芹:《红楼梦》,人民文学出版社,2018,第127页。

2.赖嬷嬷

贾府大管家赖大的母亲,是贾府中最有体面的嬷嬷,简直可以称之为贾府第一嬷嬷。在贾府这样的贵族大家中,精明的奴仆是最会把握时机借势兴家的,赖嬷嬷就是这样的一个人。她不仅自己在府中颇得体面,儿子也是贾府的大管家,而且她家已经在贾府之外另置了产业。她的孙子赖尚荣在其庇荫之下,从小"也是丫头,老婆,奶子捧凤凰似的,长了这么大……那里是知道那'奴才'两字是怎么写的"!"花的银子也照样打出你这么个银人儿来了。"[①]娇生惯养可见一斑。且在主子的保荐下,不仅摆脱奴籍,还让孙子跻身宦海,这对于赖家来说可是家族身份的巨变。赖嬷嬷自己也是出门有下人环绕、丫头伺候,进门可与贾母斗牌、闲话。这样的体面,在贾府的下人中是头一份,也是独一份,这些都足以见得赖嬷嬷在贾府混得如何风生水起了。

赖嬷嬷之所以能够有如此的地位,主要还是在于她精明圆滑的脑子,明察秋毫的眼力,见机行事的能力。对于这个人物的性格描写,作者运用了细腻而微妙的笔法。根据这些侧面描写,已经可以显而易见地看出赖嬷嬷及赖家其他人在贾府中依势而为的生存方式,也就不难理解为何在几百奴仆中,独独她家能够摆脱奴籍,并且独立门户,跻身宦海了。

以上所提两位嬷嬷对主子倒都还恭敬有礼,迎春的乳母则是直接欺压到主子的头上了。迎春的乳母"试准了姑娘性格",因"迎春懦弱,他们都不放在心上","私自拿了"迎春的首饰攒珠累金凤去赌,久久不还,绣桔、司棋看不惯讨要,她反而"赖说姑娘使了他们的

[①] 曹雪芹:《红楼梦》,人民文学出版社,2018,第602页。

钱,"捏造假账妙算""威逼着还要去讨情"①。

正是这样一群人,陪伴着自己主子的成长,享受着她们特殊身份给自己带来的权势与地位,也经历着贾府的起起落落。

(二)陪房群体

陪房指的是贾府不同辈分女主子出嫁时从娘家带来的女仆。她们依靠与女主子的密切关系进一步在贾府占据一定的地位。《红楼梦》中提及的陪房包括王熙凤的陪房来喜家的、来旺家的;邢夫人的陪房王善保家的、费婆子;王夫人的陪房周瑞家的、吴兴家的;等等。

这些陪房形象大多八面玲珑,阿谀奉承,她们为主子办事,也凭借主子的势力获得私利。就好比王熙凤的陪房来旺家的,一方面为自己的主子放印子钱;另一方面倚仗主子的势力,让自己一事无成的儿子强行迎娶了彩霞。邢夫人的陪房王善保家的也每每借机生事,一方面在绣春囊事发之后,借机打击报复,诬告晴雯,鼓吹王夫人抄检大观园;另一方面在抄检大观园之时又企图隐瞒自己外孙女司棋的私通之事。她相当势利,不敢搜查宝钗的住处,却凭借自身陪房的地位为难探春。还有就是周瑞家的,周瑞家的人物刻画与大部分普通人的心理状态相符,属于十分常见的多面性人物。刘姥姥进荣国府,向王熙凤打秋风之时,便是通过周瑞家介绍的。第七十一回中,两个婆子因一句话得罪了尤氏,周瑞家的便"我告诉管事的打他个臭死",拿着鸡毛当令箭,用意十分险恶。

这群女人,也是经历过青春的,然而,当她们自己的年华不再,面对这些青春靓丽的姑娘,心中并无几分怜爱疼惜之意,反而生出许多恶意,多少姑娘倒成了她们的天敌似的。可以说,她们是有意

① 曹雪芹:《红楼梦》,人民文学出版社,2018,第602页。

地做了帮凶——毁灭美和真情的帮凶。"她们的潜意识里暗藏着对年青女孩子们的妒忌和烈火,她们的愿望正用一种变态的形式发泄出来。小姐们及年青女主子们她们自然是不敢忌妒的,毕竟奴性深入骨髓。于是年轻的丫鬟就合乎逻辑地成了她们妒忌邪焰的指向目标。"①

(三)管事婆子群体

管事婆子是依靠劳动力为贾府卖命的一个群体,各有分工,从事贾府中各式各样的烦琐事务。作为《红楼梦》中极易被无视的一个群体,她们没有像乳母群体那样与年轻主子建立起乳汁哺育的联系,也没有像陪房群体那样有女主子的庇佑,所以只可依靠自身的努力在贾府获得一席之地。对于管事婆子人物群体而言,同样可划分成各个等级,上等的包括有赖大家的、赖升家的、林之孝家的,然后就是吴新登家的、单大良家的、秦显家的。此外,还有一些管事婆子处理各式各样的贾府杂活儿,好比在第五十六回中,探春兴利除宿弊,命老祝妈负责竹子,老田妈负责菜蔬稻稗,老叶妈负责花圃。贾府的日常运作离不开这些管事婆子,然而她们却总是会被忽略,作者对她们的描写往往也是一笔带过。

二、《红楼梦》中嬷嬷们的形象价值

红楼中的嬷嬷是最真实的一群人,同时又是最被忽略而最不应该不忽略的一群人。回望中国古典小说史,不难发现:"理性化历史化思维中诞生的《三国演义》等历史演义小说,往往以'战争''谋略'为主题,'战争让女人走开',勉强留在男人阵地的也只是极少数被男性化的年轻女子,如《水浒传》中的孙二娘、扈三娘等。到了《金瓶梅》开启的家庭题材长篇小说中,出现了非贵族的市井化的下层老

---

① 谢遂联:《红楼灰影:〈红楼梦〉中的老婆子》,《明清小说研究》2001年第1期。

年妇女形象,如《金瓶梅》中的王婆等,她们虽具备了较鲜明的性格,但仍然是形单影只。才子佳人小说中,有的只是贵族老年女子,她们的使命也只是拆散有情的鸳鸯,迫使才子赶考,佳人催难,最后高中团聚,完成大团圆的结局。而且,她们的存在只是如上所述的情节的符号,并不具备主题上、性格上的意义。只有到了《红楼梦》,才出现了这么真实的一群——既具有自身鲜明的性格,又对整个作品的主题及审美倾向有重要作用的老婆子。"[1]因此,我们说红楼中的嬷嬷这群组像在文学史上具有一定的开创意义。

(一)形象本身

这些嬷嬷,不论身份如何,权势高低,说到底都不过是贾府的奴才罢了。用鲁迅先生的一段表达来形容这样一群人再合适不过了:"自己明知道是奴隶,打熬着,并且不平着,挣扎着,一面'意图'挣脱以至实行挣脱的,即使暂时失败,还是套上镣铐罢,他却不过是单单的奴隶。如果从奴隶生活中寻出'美'来,赞叹,抚摸,陶醉,那可简直是万劫不复的奴才了……"[2]宝玉在"芙蓉诔"中"呜呼!固鬼蜮之为灾,岂神灵而亦妒?钳诐奴之口,讨岂从宽?剖悍妇之心,忿犹未释!"直指那帮老婆子为帮凶,是"鬼蜮""悍妇""诐奴"(恶奴才)。做恶奴才也好,做变态的毁灭美和真情的帮凶也罢,目的都是谋利。她们性格中一以贯之的是利欲熏心。美和真情的清纯高尚,镜子般地照出了她们的恶欲和浊臭,不把这镜子打碎,是万万不可的,而且只有搅浑了一塘水,才能浑水摸鱼,从中渔利。她们的身上没有一丝鲜亮的色彩,没有一点美的因子。但她们其实又没有什么大罪大恶,她们欺软怕硬、奸猾诡计实在是"小儿科",说她们是完全的黑色,似乎又言之太重,并且没有谁的色彩是纯粹的黑色,这些嬷嬷身

---

[1] 谢遂联:《红楼灰影:〈红楼梦〉中的老婆子》,《明清小说研究》2001年第1期。
[2] 鲁迅:《鲁迅全集》,北京日报出版社,2014,第453页。

上同样具有人性的复杂性。她们实实在在只是灰色的一群,被社会毒素浸透了的,没有任何光辉的,让作者和读者感到绝望的死灰色的一群。

(二)形象背后

在这些不同的嬷嬷形象的背后,有着更深一层的意义:主子性格阴暗面的化身和悲剧结局的信号。[1]如果说做所谓的"恶奴才",或者换种说法"做毁灭美和真情的帮凶"都是她们自主地对势和利的追逐,那么在荣府特定的环境中,这些老婆子的形象就还具有不可自主的另一面:她们是女主子间矛盾争斗中性格阴暗面的化身。《红楼梦》中隐藏着一场夺权与夺嫡的斗争。

在荣府中,贾赦为长子,依照封建伦理,理应贾赦当家。然而,大太太邢夫人可是因为缺少娘家后台,不讨贾母喜欢,由王夫人管了家。然而王夫人终是把管家的大权交给了表面上看似是邢夫人的儿媳妇,实际上也是自己内侄女的王熙凤。但是王熙凤唯贾母、王夫人马首是瞻。对于邢夫人而言,大权旁落,自己的儿媳又不买自己的账,"愚顽""以婪取财货为自得"的邢夫人岂能咽下这口恶气?只是慑于贾母威严,只好暂忍,实际上却一直虎视眈眈,寻嫌生隙。虽然书中直接提及双方,尤其是邢夫人与凤姐之间矛盾的地方并不多,但细想开来,她二人背地里想了些什么,做了些什么,我们自可从她们各自的仆妇丫鬟,特别是她们的陪房亲信老婆子的举动去揣摩。毕竟两方的主子或畏于贾母之势,或碍于贵妇之面,总是不好轻易有所举动,自然也就利用各自的仆妇丫鬟弹压对方的仆妇丫鬟,这些人是最适合在园里耍些"小手段"的。此时,这些老婆子们就成了邢、王各自手脚及耳目的延伸,成了邢、王矛盾争斗中性

---

[1] 谢遂联:《红楼灰影:〈红楼梦〉中的老婆子》,《明清小说研究》2001年第1期。

格阴暗面的化身，因而也就具有了超越她们本身性格的含义，而具有了另外的丰富而深刻的内涵。

这些老婆子形象超越她们本身性格的另一方面的丰富内涵是：她们是全书悲剧结局的信号。曹雪芹对这些嬷嬷进行了不同角度的描绘，一定程度上加深了封建家族衰败的历史悲剧。贾府衰败的一大原因便是人才危机。正是贾府后继无人，才使得贾府家政大权不得不交由王熙凤、王夫人之手，让这些羸弱的女子苦苦支持着贾府这幢高楼。王熙凤与中老年女性仆人的关系在协理宁国府、力诎失人心这两部分情节上得到充分显现。该种关系也揭示了贾府的后继无人，凸显了家族悲剧的创作主旨。贾府被抄后财源殆尽，主子们各怀心事，不乐意拿出银两来为贾母治丧。仆人们目睹了贾府的衰败，能走则走，没走的则是睁一只眼闭一只眼，有的更是落井下石，导致丧失一片狼藉，体统尽失。探春操持家政同样反映了贾府人才枯竭，难以避免的衰败历史悲剧。宝钗、探春理家，管事婆子们便心存欺弊之心。探春即便对家族命运有着明确的认识，她操持家政也表明了她有治家能力，有能力治理这群刁钻狡诈的仆人。然而，如同探春自身叹惋那般，自己仅仅是一个弱女子，终究难以阻止家族衰败的悲剧。

《红楼梦》中的老婆子是中国文学史上下层老年妇女第一次以群体形象出现。她们除具有自身鲜明的群体性格外，还具有其他多方面的意义。她们展现了这一群体的独特人物内涵，丰富了古代小说人物宝库；她们是揭示贾府中各方矛盾的特殊视角；她们在情节上也起到了穿针引线的作用，为红楼一梦的悲剧写下了铁的注脚。无论其群体性格，还是其性格上的隐含意义，都具有灰暗色调的特点，她们是红楼一梦大厦将倾下的一群灰影。

西厢记"赖简"新考

马潇潇

西南大学文学院

摘要:《西厢记》经典篇目"赖简"一直饱受学界争议。有研究观点认为其真实原因并非莺莺的矛盾心理,而是张生误解诗意。本文通过溯源普救寺原状,证明西厢其实为张生居所的事实;并分析西厢故事主要的三个文本,揭示莺莺诗简中隐藏的会面时间与空间信息;证实"赖简"篇目背后的真实原因是张生误解诗意,而非莺莺翻脸变卦。

关键词:赖简;普救寺原状;西厢所属;时空信息

"赖简"篇目原名"乘夜逾墙",对这一经典篇目主角莺莺的行为分析及原因探究一直是西厢研究的一个重要部分。

学界的观点主要有三大方向。一是赞其为化工之笔的明清评论家们,认为是莺莺不承认相约,故作娇态模样。金圣叹《第六才子书西厢记》对此篇目题以"赖简"二字,流传至今。二是以张燕瑾为代表的学者们,其观点将翻脸变卦的原因归结于莺莺自身的矛盾心理,封建思想和道德观念的阻碍使其还不具备跨越礼教鸿沟的勇气。三是以蒋星煜为代表的学者们，提出非莺莺变卦，而是张生"误简"的对立看法，针对莺莺诗中"玉人""拂墙"意象指代辩驳"赖简"之说，并提出了西厢实为张生居所的观点。

通过分析西厢故事主要的三个文本，即元稹的《会真记》、董解元的《西厢记诸宫调》及王实甫的《西厢记》，可以发现蒋星煜先生的观点最具辩证性与说服力，更多的证据也的确指向张生"误简"，并非莺莺"赖简"。然而蒋先生的分析侧重于诗简中"玉人、拂墙"意象的合理性指代，忽视了其中更客观的证据——莺莺在其中隐藏的有关约会的时间与位置信息。并且，其提出的究竟是谁寓居西厢的问题也未得到考证。

因此，在蒋先生已有研究的基础上，本文进行"赖简"篇目新考，溯源普救寺原貌，给予西厢所属问题即何人"待月西厢下"一个准确答复；分析莺莺诗简中一直被忽视的有关约会的时间与空间信息；为张生误解诗意提供客观例证。

一、普救寺原状溯源

"待月西厢下，迎风户半开。"莺莺诗中所指到底是自己待月西厢，还是让张生待月西厢呢？若要考究其渊源，那么我们便要回到最初故事发生的地点——普救寺。普救寺是否具体存在？其寺内原状又如何？是否真有西厢这个居所？都是我们需要提前关注解决的问题。

唐元稹的《会真记》载："唐贞元中……张生游于蒲。蒲之东十余里，有僧舍曰'普救寺'，张生寓焉。"参阅稽考资料，普救寺于隋唐之际便已修建，居古蒲城东向峨眉原头上，原高29米余，西、南、北三面临壑，唯东北向依原平展。发掘基址证明唐宋时期的普救寺仅西部一道轴线,尚无中轴线和东轴线之建。西轴线以舍利塔为主体,副阶周匝,前设大钟楼,后置大佛殿,均垂直地布列在寺宇西侧轴线上。入宋以后,普救寺曾大规模兴工,有钟楼、舍利塔回廊和大佛殿基址可证:除唐制基础和砖瓦、础石外,还有部分宋制沟壕乃宋代青砖与唐制绳纹砖交错铺漫和叠置堆砌,乃补修时留下的遗址。除补葺隋唐建筑外,宋代又增建中院一线和东院正法堂,使寺宇规模较前大为扩展。

金董解元在《西厢记诸宫调》中曾写道,"随喜塔位,转过回廊";"上堂里蟠盖悬在画栋,回廊下帘幕金钩";"登经阁,游塔位,穿佛殿,立回廊,绕着圣位,随喜十王……";"塔位一舍后,又一轩,清肃可爱……"。元王实甫在《西厢记》中也有关于普救寺内具体状况的描述,"游洞房(菩萨洞),登宝塔,将回廊绕遍";"只近西厢,靠主廊,过耳房,方才停当;塔院侧边西厢一间房……"。这两篇文章的寺院描述是杜撰还是真实可考,我们还需参考宋之后的遗址考证。

元蒙之际,普救寺修缮情况不详。按照方志记载,元大德七年(1303年)平阳大地震,蒲州波及较甚,普救寺局部损坏,曾予维修。而到了明代,普救寺发生了很大变化,其原因亦是嘉靖年间永济发生的一次大地震,导致寺宇损毁严重,全部重建。1985至1986年山西省曾两次实地发掘,发现明代重建的重点除西线的舍利塔外,多在中轴线上。除山门基址因水土流失不详其规制外,其余明代殿阁,基础皆存;菩萨洞两侧,按明寺宇建制,还增建小型钟鼓楼各一座。东线有僧舍、斋厨、方丈室;西线仅有舍利塔和西轩,西北隅还有一些较为杂乱的小型基址,后盖为书斋和崔府别居;中线自前至后,有天王殿、菩萨洞、弥陀殿、罗汉堂、十王堂和藏经阁,都是在宋代基址之上重叠构筑。

因此,董解元的《西厢记诸宫调》和王实甫的《西厢记》中的普救寺建筑与遗址遗物吻合,盖为实况记述,并非虚构。并且我们还可以得知普救寺西轴线舍利塔塔院边确有一西轩,即西厢,真实可考。

此外,值得一提的是,在西线舍利塔南向与回廊相邻处,还发现有砖铺甬道,人们可由此通往塔内。回廊西侧,还保留有用绳纹砖压边、瓦条竖砌的丁字形小径,宽仅50厘米,虽为行走之便,但路径甚窄,似乎不是畅通之处。如果《西厢记》记载无误,或许就是当年张生借寓西轩出入的走道。

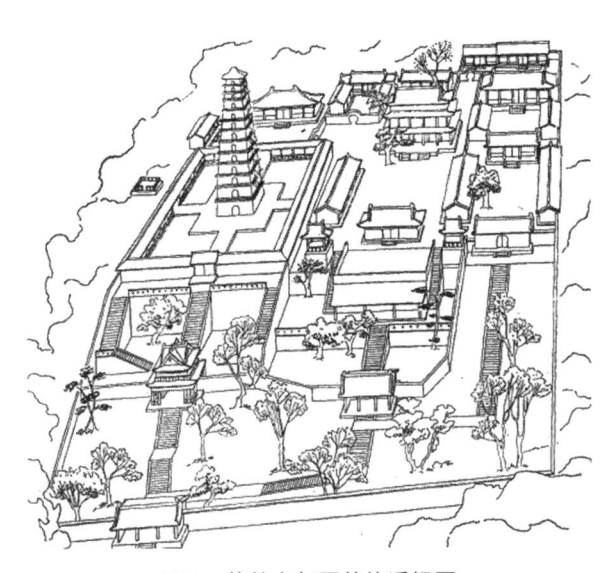

图1 普救寺复原整体透视图

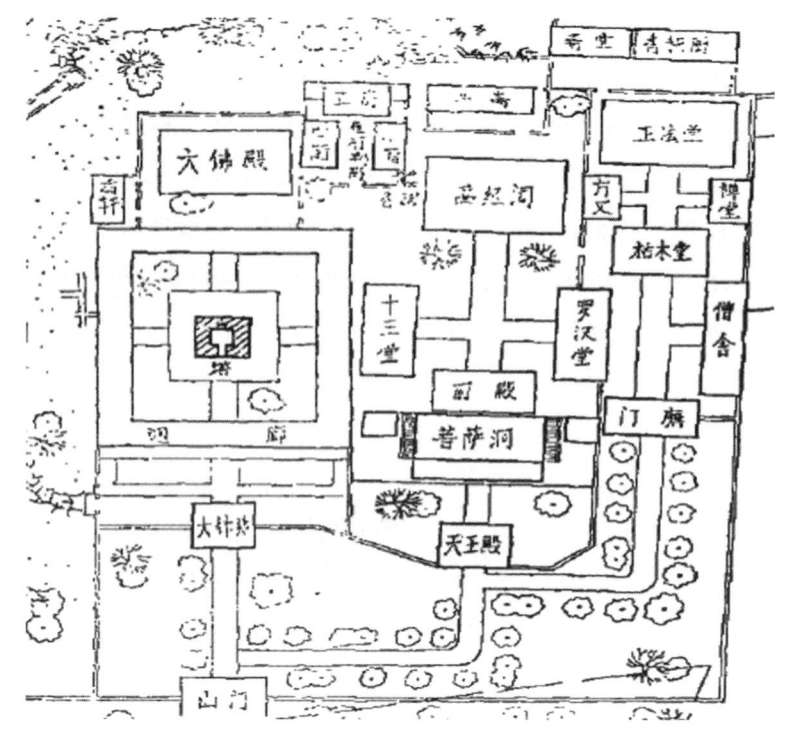

图2 普救寺复原遗址平面图

二、西厢所属探究

回顾了普救寺的历史沿革及探讨其寺内大致原状后,我们将目光转回"西厢"问题上。我国当代著名学者蒋星煜先生曾提出:"'玉人'作美丽少女解,是莺莺的自喻,她是主动的一方;他要求张生做的仅是'户半开',不要把门关上就可以了;更无令张生逾墙之意。"此观点认为是张生寓居诗中所云的西厢,诗意即指导论中我们提到的"张君瑞待月西厢下";而在我国传统别院居所中,西厢一般是女儿家的房间,所以崔莺莺也被认为是西厢的主人。那么,到底是何人待月西厢下？谁又是西厢真正的主人呢？

同样，让我们回溯至故事的最初。在元稹的《会真记》中，并未具体详细记述普救寺内的情况与西厢位于何处，只是一笔带过："有僧舍曰'普救寺'，张生寓焉。适有崔氏孀妇，将归长安，路出于蒲，亦止于寺。"所以我们无法从唐宋时普救寺原状考中确定二人居所的位置信息。然而，莺莺与张生第一次私下结合后，文中给了我们一条重要线索："自是复客之，朝隐而出，暮隐而入，同安于曩所谓西厢者，几一月矣。"此句主语是莺莺，是她每晚潜入张生居所中与其相会，而"曩所谓"三字则从客观的第三视角为西厢下了定义。可见，是张生居住于当时人们称为西厢的地方，即我们从唐宋遗址中发现的西线之西轩。但须注意的是，"西厢"二字在《会真记》故事中出现了两次，另一次便是张生逾墙时"达于西厢，户果半开"。然而这与我们的结论并不相矛盾，上文提过西厢是古代女儿家住所的代称，此处西厢实际应为普救寺的崔氏所居之宅的西厢，并非西轩。

至金《西厢记诸宫调》创作时，董解元便在实际考察普救寺的基础上对其内景做了详细的记述。首先是张生初遇莺莺的位置，即莺莺居所的位置："到经藏北，法堂西，厨房南面，钟楼东里。向松亭那畔，花溪这壁，粉墙掩映，几间寮舍，半亚朱扉……张生觑了，魂不逐体。"可知莺莺居所位于普救寺西轴线近舍利塔边某处别院。其次，张生居所的位置："乃呼知事僧引于塔位一舍后，有一轩，清肃可爱。"可知张生居所位于普救寺舍利塔后一轩，集住宅与温书为一体。通过前章的普救寺原状考证，可知此轩便是普救寺西线舍利塔后的"西轩"，即我们要探求的普救寺之西厢。文中亦有两处诗句可证：一为张生夜不能寐，起身漫步吟诗时"闲寻丈室高僧语，闷对西厢皓月吟"；二为与莺莺终于确定相会后"去了红娘归书舍，倚门专待西厢月"。两处西厢的出现皆指代张生住所。那么我们怎样排除西厢是莺莺居所的可能呢？且看法聪和尚在回答张生询问时所言："这一位也非是佛殿，旧来是僧院，新来做了客馆。崔相国家属，现寄居里面。"可知莺莺之宅属崔氏现居之客馆，旧时为普救僧院，现并非为寺内宇殿，只是隶属于普救寺而已，并非我们所考之西厢。

而至元代王实甫创作《西厢记》时，情况便复杂了许多且充满戏剧性。首先，在"楔子篇"老夫人的自白中："因路途有阻，不能得去。来到河中府，将这灵柩寄在普救寺内……因此俺就这西厢下一座宅子安下。"张生初遇莺莺："游了洞房，登了宝塔，将回廊绕遍。数了罗汉，参了菩萨，拜了圣贤。正撞见五百年前风流业冤……门掩着梨花深院，粉儿墙高似天。"可知二人初遇地点为普救寺西线舍利塔周至大佛殿之间回廊，而莺莺住所在"王西厢"中也有了一个好听的名字——梨花深院，虽其无明确遗址可考，但按莺莺行走路线及张生借寓所言"也不要香积厨，枯木堂。远着南轩，离着东墙，靠着西厢。近主廊，过耳房，都且停当"，我们可推知梨花深院的确位于普救寺西轴线上近塔院佛殿之地。结合老夫人的自白，将梨花深院谓之"西厢"并不为过。那么"王西厢"中张生的居所呢？且看法本长老所云："塔院侧边西厢一间房，甚是潇洒，正可先生安下。"但到这里，我们同时可发现在"王西厢"中，西厢指代了靠近西线的这一片房舍，具体哪间无从知晓。更为戏剧的是，在第二本第二折中，老夫人为感谢张生解困之恩，主动邀请张生搬至梨花深院："自今先生休在寺里下，则着仆人寺内养马，足下来家里书院安歇……（末云）小子收拾行李去花园里去也。"至此时，张生已搬离西轩移至西厢下的梨花深院。后莺莺诗中"待月西厢下"所指的确模糊。

三、诗简中的时空信息

经过前两节的分析论述,我们初步探讨了普救寺真实原状及西厢所属两个问题,对我们解决是莺莺"赖简"还是张生"误简"提供了实际地理证明。解铃还须系铃人,接下来我们回到莺莺诗简本身,从三个版本中蕴含的时间与空间细节来分析诗意,得出最终结论。

首先,我们已经知晓,元稹的《会真记》中,西厢乃张生居所,"待月西厢下"的主语即指张生。张生误解其空间含义,此一则也。其次,十分值得注意的是,元稹在这一篇目暗藏了一个时间玄机——诗名明月三五夜。三五之意为何?实指十五,即十五明月夜。元稹在此处还特别点名:"是夕,岁二月旬有四日矣。"聪明的莺莺在诗名中巧留暗语,告诉张生在十五的晚上(即送简的第二天晚上),让他在西厢等待自己。然而张生却忽略了诗名的存在,于"既望之夕"攀援逾墙。张生误解其时间含义,此二则也。这两则原因加起来,也不难理解莺莺为何翻脸生气;且在《会真记》中不存在老夫人的阻挠与红娘的监视,单以揣度莺莺心理便认定是其变卦实在不具说服力。所以显然,在《会真记》中非莺莺"赖简",实张生"误简"矣。

董解元的《西厢记诸宫调》进行了较大改动,这一篇目虽整体一致,然一些细节仍需注意。首先,董解元注意到了元稹埋下的时间细节,在他的故事里张生注意到了诗名:"今十五日,莺诗篇曰〈明月三五夜〉,则十五夜也。"然而他为张生排除了日期的误解之外,却也为他新增了另一玄机——明月三五夜。三五亦可指时间之三五更。所以张生又一次误解了诗意:"是夕一鼓才过,月华初上,生潜至东垣……"如何证明莺莺暗指的时间是三五更呢?且看二人私下结合时的叙述:"生专待,鼓已三交,莺无一耗。"与红娘的唱词:"教先生休怪,等夫人烧罢夜香来。"如此便已明了:"董西厢"中,已有作为封建势力的老夫人阻碍在先,莺莺与张生私下相会必须加以小心提防。先前我们已经证实此本中张生是西厢的寓居者,且西轩清肃可爱,偏僻无人,是适合幽会的好地方;莺莺亦将时间安排在三五更,可谓是上了双重保险。然而,无奈张生不仅弄错了地点,还提前时间至一更,让莺莺如何能不生气?所以,在《西厢记诸宫调》中亦非莺莺"赖简",实张生"误简"矣。

  至元"王西厢",作者对这一篇目的戏剧化改编成分更多。不仅去掉了"明月三五夜"这一题目,只保留了诗文,并且偷换"户"的空间概念。在梨花深院中增设一"角门",并使其在此篇目中发挥了巨大的"和稀泥"作用。在先前两代的西厢故事中,户单指西厢住所之门,并不存在花园角门一说。王实甫似乎有意令张生误简:首先,鉴于之前考证,西厢指代模糊,张生无从得知究竟莺莺令何人待月西厢下,此误解点之一;其次,门户、角门又指代模糊,张生无从得知莺莺邀约地点,此误解点之二;最后,又因张生过分自信自己猜诗谜的能力,一番臆断妄下之后引出一场逾墙闹剧。由此可见作者为令张生误简,达到其戏剧化高潮效果,在融合元、董二人叙事技巧的基础上进行思考并再创造,着实煞费苦心。

  综上,通过从《明月三五夜》的时空视角重新审视诗意,分析三版西厢故事不同的细节处理方式,我们不仅看到了不同时代的三位作者在故事发展安排中的良工苦心,更重要的是为这一经典篇目寻找到了有利、独特的例证,从时、空二重角度证实了非莺莺"赖简",实则张生"误简",也由此可见金圣叹先生所题标目说明其的确存在误读之嫌,对后世西厢研究可能存在误导。

四、结论

  追根溯源,本文为"赖简"篇目找到了新的客观有利性证据:普救寺西轴线舍利塔回廊之侧确有一舍谓之西轩,确定为张生寺内寓居之地,所以"待月西厢"主语意指张生可能性较大;莺莺诗简《明月三五夜》中暗含具体相约的时间与空间地理信息,实乃张生忽略错判,以致误解诗意,遂出逾墙闹剧。以上西厢"赖简"新考,从溯源角度出发,以时空例证为依据,证明了西厢所属问题及莺莺"赖简"的真实原因——张生"误简"。

反观历史为的是探寻本质,认识规律,旨在写好历史的新篇章。对一艺术作品的真实意义的发现是永无止境的,是一个无限的、向上的过程。西厢故事源广流长,值得我们每一代人去发现、追寻、研究其文化意义与时代价值。

参考文献:

[1]黄季鸿.《西厢记》研究史(元明卷)[M].北京:中华书局,2013.

[2]张燕瑾.张燕瑾讲西厢记[M].天津:天津古籍出版社,2011.

[3]蒋星煜.《西厢记》研究与欣赏[M].上海:上海人民出版社,2009.

[4]王宝库.永济县普救寺[J].五台山研究,1994(1).

[5]柴泽俊.普救寺原状考[J].文物季刊,1989(1).

[6]董解元.西厢记诸宫调[M].北京:人民文学出版社,1962.

[7]王实甫.西厢记[M].济南:齐鲁书社,2004.

质本洁来还洁去
——论"黛玉葬花"的创作艺术

宣明珠

西南大学文学院

摘要：黛玉葬花是《红楼梦》中的代表性场景，更是曹雪芹的独创性塑造。两次明确写出的葬花，贯穿全篇；一首《葬花吟》名传后世。本文旨在从葬花的专属性、葬花与宝黛的关系、葬花与葬生命三方面进行分析，揭示黛玉葬花背后的创作思想与艺术。

关键词：《红楼梦》；黛玉葬花；《葬花吟》；创作艺术

《红楼梦》中作者详细写出了黛玉的两次葬花，在全书中举足轻重，与"宝钗扑蝶""湘云醉眠芍药裀"并列为后世人们不断演绎的情节，多次被改编为戏剧演出。两次葬花一次是在第二十三回"西厢记妙词通戏语，牡丹亭艳曲警芳心"，另一次是在第二十七回"滴翠亭杨妃戏彩蝶，埋香冢飞燕泣残红"。本文旨在从葬花这一情节出发，发现凄美之下的创作艺术，探究深埋在作者曹雪芹潜意识与无意识中的创作动机。

一、葬花的专属性

何以说"黛玉葬花"极有韵味？人们或许没有看过红楼梦，但黛玉葬花一定是家喻户晓的。正是因为葬花的行为具有专属性，"高柳喜迁莺出谷，修篁时待凤来仪"的宝钗不会去葬花，"机关算尽太聪明"的王熙凤也不会去葬花，葬花的一定是黛玉。书中的人物甚至今天的人们只是将花作为观赏的景物，但黛玉是将花当作了有血有肉的人，当一朵花凋零消逝，只有黛玉会为花的零落而悲泣，小心翼翼，将花视若珍宝一般埋葬，为其打理后事。

曹雪芹对黛玉两次葬花的背景量身定做。第一次葬花，是宝玉恰好在看偷偷买回来的《会真记》，在沁芳闸桥边桃花底下一块石上坐着。正看到"落红成阵"时，风把头上的桃花吹下来，落得满身满书满地皆是。这时黛玉就出场了，带着花锄、纱囊、花帚，她阻止了宝玉将花倒在水中的行为，而是将花埋在土里，"随土化了，岂不干净"①。也是在这个时候，宝黛有了机会共读西厢。这里只有黛玉出现才是最合理的，如果是宝钗或是袭人出现，那么宝玉恐怕又会接受一次"仕途经济"的教育，共读西厢这一美好的情节也就不复存在了。

第二次葬花，恰值芒种节。"尚古风俗：凡交芒种节的这日，都要设摆各色礼物，祭饯花神，言芒种一过，便是夏日了，众花皆卸，花神退位，须要饯行。"②其他的姑娘们都打扮好，出来玩耍，独有黛玉不见。这就又是黛玉的专属性了。"林黛玉生于花朝，又于芒种饯花日葬花。"③黛玉因前一日被拒之门外而失眠起晚了，起来后又与宝玉

---

① 曹雪芹：《红楼梦》，人民文学出版社，2008，第315页。
② 曹雪芹：《红楼梦》，人民文学出版社，2008，第362页。
③ 俞晓红：《〈红楼梦〉意象的文化阐释》，安徽人民出版社，2006，第91页。

置气,独自葬花,《葬花吟》也就出现了。《葬花吟》意味着"群芳碎",最早的读者曾抒发自己的阅读感受说:"埋香冢葬花乃诸艳归源,葬花吟又系诸艳一偈也。""葬花吟是大观园诸艳之归源小引,故用在饯花日诸艳毕集之期。"①在祭花神的日子里,所有的姑娘都在玩乐,只有黛玉也只会是黛玉一个人去葬花,她不会人云亦云,她有自己的想法,"未若锦囊收艳骨,一抔净土掩风流。质本洁来还洁去,强于污淖陷渠沟"②。大观园里的繁华热闹,别人家中的笑语温情,乃至自然界的落花飞絮、秋风萧瑟、雨打芭蕉等,全部都会在她的心中引发出无家的悲痛,整个世界在她面前都会变成制造眼泪与忧愁的原料。林黛玉初来贾府得到了贾母的宠爱,却依旧念念不忘自己的伤痛,以至让自己的敏感多疑和爱耍小性子为别人所诟病。"原来,这是一个永远不用别人的衣裳,来忘掉自己寒冷的人。这是一个永远不把别人的怜悯和施舍,当作自己的幸福的人。同时,这又是一个愈是处在屈承的境遇下,就愈是坚持自己人格尊严的人。"所以黛玉的一举一动,是毫无算计地、直接地来自她没有经过世俗理智雕琢过的纯真感情。

"一个典型人物的形象,总是由许多细节和情节塑造起来的,而其中往往有一个细节或情节,最集中地表现出人物性格的最突出的特征,给读者和观众以最突出的印象。"③在《红楼梦》中,葬花只属于黛玉,就像湘云眠石,鸳鸯剪发,晴雯倾箱,惜春作画,尤三姐自刎,探春打王善保家的一样,是最突出的情节和细节,也是可以代表这个人物的专属情节。

---

① 俞晓红:《〈红楼梦〉意象的文化阐释》,安徽人民出版社,2006,第92页。
② 曹雪芹:《红楼梦》,人民文学出版社,2008,第372页。
③ 舒芜:《红楼说梦》,人民文学出版社,2004,第175页。

二、葬花与宝黛的关系

两次葬花的主角都是宝黛,自然也是宝黛感情的一个发展脉络。在黛玉葬花时,与宝玉不期而遇,正是因为两人都是同样的"痴傻",才会走到一起。林黛玉主张把落花葬在干净的地方,是她清洁本性的诗意流露。余英时先生认为,黛玉葬花就是大观园这个理想世界跟外边的恶浊世界的分界处。贾宝玉和林黛玉对待落花的态度,曹雪芹顺手写来,似乎没多大深意,但仔细琢磨会发现,这件极小极细的事,对于了解他们爱情的基础很有帮助。在贾宝玉被花瓣落一身的段落旁边,脂砚斋加了三个字的评语:"情不情。"脂砚斋在己卯本中说,这就是曹雪芹对贾宝玉的个性概括。"后观《情榜》评曰:'宝玉情不情,黛玉情情。'"这就是说不管对方对自己有没有感情,也不管对方是不是有感情的生物,贾宝玉都关心、爱护。宝玉不仅爱自己心上的人,还广泛地爱许多人,有点儿"博爱"意味。鲁迅先生说贾宝玉"爱博而心劳",因为把爱用得太广了,心都劳累了。脂砚斋在甲戌本中说:"凡世间之无知无识,彼俱有一痴情去体贴。"所以,应该说贾宝玉是"多情"。林黛玉对待落花就是"情情"。林黛玉把花朵看成人,一样有感情,这是人生的另一种形式,人生的诗意表达形式。林黛玉完全把花朵拟人化了,同时她也把自己花朵化了。曹雪芹借林黛玉表现了特殊的哲学思考,在林黛玉这位极有诗人气质的少女身上,"情"有多层次、多方面的解释,它不仅是男女之情,人与人之间的感情,大自然的花花草草都是有情的,都是跟林黛玉息息相关、命运相通的。第一次葬花时,两个人以《西厢记》中的主人公互相打趣。"我就是个'多愁多病身',你就是那'倾国倾城貌'。"①"呸,原来是苗而不秀,是个银样镴枪头。"②这次葬花糅合了明媚的春光、纯洁的情感和诗意的戏曲。黛玉的心情虽然也有一些伤春,但更多的是从《西厢记》中得到的爱情的启示和听到宝玉真情流露的羞涩和惊讶。"不觉带腮连耳通红,登时直竖起两道似蹙非蹙的眉,瞪了两只似睁非睁的眼,微腮带怒,薄面含嗔。"③一场葬花以两人的互相打趣而结束,增加了这一场葬花的喜剧气氛。宝黛爱情似乎就是"吵架"的爱情,但是每一次吵架,都有特殊的吵架原因、特殊的吵架方式以及特殊的和解办法。

而第二次葬花先是宝玉低头看见了地上有许多凤仙、石榴的落花,想到是黛玉生气了没有收拾这些花儿,因为黛玉是唯一在园子里扫落花去埋葬的,而这只有宝玉才能看到,这一点就已经决定了其他人没有办法参加他们两人的生命。葬花和花冢是他们两个人的秘密,故而宝玉去往那日同黛玉葬桃花的去处时,才会遇到黛玉,听到《葬花吟》,"不觉恸倒山坡之上"④。脂砚斋对于《葬花吟》有两条批语。一为:"开生面,立新场,是书多关,惟此回处(更)生更新。非颦儿断无是佳吟,非石兄断无是情聆。难为了作者了,故留数字以慰之。"一为:"只想景想情想事想理,反复追求,悲伤感慨,乃玉兄一生天性,真颦儿知己。"脂砚斋赞美黛玉的才情,是情景事理的结合,极为感动人。

这一次所引发的是宝玉的一次强烈的真情抒发。"当初姑娘来了,那不是我陪着玩笑?凭我心爱的,姑娘要,就拿去;我爱吃的,听

---

① 曹雪芹:《红楼梦》,人民文学出版社,2008,第315页。
② 曹雪芹:《红楼梦》,人民文学出版社,2008,第316页。
③ 曹雪芹:《红楼梦》,人民文学出版社,2008,第315页。
④ 曹雪芹:《红楼梦》,人民文学出版社,2008,第373页。

见姑娘也爱吃,连忙干干净净收着等姑娘吃……我也和你似的独出,只怕同我的心一样。谁知我是白操了这个心,弄的有冤无处诉!"①"谁知你总不理我,叫我摸不着头脑,少魂失魄,不知怎么样才好。"②随后,两个人将误会解释清楚,重归于好。这个片段可以看成是宝黛关系中的一个小高潮,通过二人的吵架,相互做了更进一步的交心和剖白,但同时也是宝黛爱情悲剧的一个预兆。

曹雪芹的好友明义"题红楼梦"绝句:"伤心一首葬花词,似谶成真自不知。安得返魂香一缕,起卿沉痼续红丝?"后来,黛玉果然泪尽而亡,成为悲剧。曹雪芹在此处特地借主人公之口以一曲《葬花吟》唱出了"一抔净土掩风流"的爱情挽歌。如果从整部小说来看,林黛玉以《葬花吟》为诗冠,贾宝玉便以《芙蓉女儿诔》相对,两相呼应。《葬花吟》展示了爱的情愫,《芙蓉女儿诔》写尽了情的深切。黛玉、宝玉两位主人公,就在曹雪芹的安排下做出了可以"合璧"的文学作品。《芙蓉女儿诔》是为悼亡晴雯而作,但晴雯乃黛玉的影子,是丫鬟中的"黛玉",二人皆得以"芙蓉花签"形之。而宝玉的"诔雯",实质上就是"诔黛",诔文中的那句名言"茜纱窗下,我本无缘;黄土垄中,卿何薄命!"恰恰出自二人斟酌,俨然是为他们自己做谶语了。宝玉为《葬花吟》的悲凄而恸倒,黛玉因"芙蓉诔"的文义而怦然变色,二人的情意、心意互为感应。

三、葬花与葬生命

"宝玉要抖将下来,恐怕脚步践踏了。"③一个少年不忍心践踏花瓣,他一定已经学到了非常高贵的东西,这是对于生命的爱惜。而

---

① 曹雪芹:《红楼梦》,人民文学出版社,2008,第374页。
② 曹雪芹:《红楼梦》,人民文学出版社,2008,第375页。
③ 曹雪芹:《红楼梦》,人民文学出版社,2008,第314页。

黛玉葬花,也是对自己的哀悼,对青春的哀悼。《红楼梦》中最美的画面是对青春的描绘。黛玉拒绝将花放入水中,认为"撂在水里不好。你看这里的水干净,只一流出去,有人家的地方脏的臭的混倒,仍旧把花糟蹋了"。这其实是对青春的一种"洁癖"。黛玉并不是因为水是脏的,而是她担心大观园之外的世界是脏的。相反,水是最纯净的。林黛玉就是一株"风露清愁"的水芙蓉,泪水是她情感宣泄的主要方式,在全书中黛玉垂泪、眼圈儿红了之类的描写不计其数,她"哭"出了一篇惊才绝艳的《葬花吟》。曹雪芹开篇时早已用神话告诉读者,黛玉的前世是三生石畔的绛珠仙草,受神瑛侍者的浇灌,故而绛珠仙草修为女体,思欲下凡"还泪"。"甘露与河水创造了凡界的生命,又源源不断地给予这生命终生所需的情爱泪水;反过来,这生命又每每以性灵的泪泉冲荡顽石,涤其尘去其泥,使之焕然而为玉。"[①]所以,黛玉住在潇湘馆,馆外便是千百竿湘妃竹,上面是点点泪痕,而大株的梨花和芭蕉也象征着黛玉的梨花带雨和雨打芭蕉的伤感环境。

余英时先生认为"黛玉葬花"是作者开宗明义地点明《红楼梦》中两个世界的分野,这是大观园中发生的第一件事情。黛玉拒绝走出大观园,因为大观园是唯一一处干净的地方,而最后黛玉也死在了大观园中。或许当初她自己做的花冢,便是自己的香魂归处。随土化了的生命就是自己的生命,一了百了。第一次葬花后,宝玉紧接着就被袭人叫走了,只剩了黛玉一个人。"众姊妹也不在房,自己闷闷的",青春最后孤独的哀悼一定是黛玉,她在梨香院外听到了"原来姹紫嫣红开遍,似这般都付与断井颓垣""良辰美景奈何天,赏心乐事谁家院""则为你如花美眷,似水流年"。这是《西厢记》的曲

[①] 俞晓红:《〈红楼梦〉意象的文化阐释》,安徽人民出版社,2006,第73页。

儿,也是对青春年华的哀悼。

"葬花"这一情节,至情至性,连一些反对《红楼梦》的顽固派,例如吴云,也不得不承认:"二十年来,士夫几于家有《红楼梦》一书,仆心弗善也。惟阅至葬花,叹为深于言情,亦隽亦雅矣。"黛玉葬花就是在埋葬自己,这是一个孤独、哀伤的角色。曹雪芹在创作这个故事时,必然继承了前人的艺术成就,其中以初唐诗人刘希夷的《白头吟》为代表。"花谢花飞花满天"与"飞来飞去落谁家","桃李明年能再发,明年闺中知有谁?"与"今年花落颜色改,明年花开复谁在?","明媚鲜妍能几时"与"宛转蛾眉能几时",等等,语意都有几分相似,这表明曹雪芹必然受到了士大夫中间流行已久的没落的人生观的感染。而曹雪芹的先人曹寅自称"西堂扫花行者",曹寅诗集中也有颇多扫花诗句,所以曹雪芹对"扫落花"的创作或许也与自己的先人相关。

"桃李明年能再发,明年闺中知有谁?"黛玉对死亡一直有一种非常强的认知,花朵明年可以再次开,可是闺中的少女明年却不知道还在不在了。看似悼亡花,其实是在悼自己。风刀霜剑一直在逼迫着青春,大部分人只能看到花开却看不到花落。花就是自己,花凋零,人也凋零。黛玉所有的心愿就是"质本洁来还洁去",对干净的坚持,拒绝所有的妥协、牵连与纠缠,就像黛玉最后焚稿断痴情,决绝地跟人间告别。跟花讲"尔今死去侬收葬,未卜侬身何日丧?"是对生命的坚持和惋惜。王蒙先生所说:"黛玉的人生困境是与生命的基本困境连在一起的。"第一次葬花从现实的叙事功能来看,有表达爱情之意,但从宏观叙事角度来看,则又是一种预言性叙事,即在宝黛爱情的萌芽阶段,作者便以落红成阵的背景对其爱情的结果进行了预示。爱意初萌,即春归花谢,其象征意味不言而喻。若将两次葬花联系起来解读,似乎就更加明了。宝黛爱情刚刚崭露头角,黛玉即遭遇了闭门羹。她在万般悲凉之下的葬花行为,与其说埋葬的是落花,不如说是爱情;与其说是爱情,不如说是青春的生命。对于黛玉来说,没有爱情,毋宁死。宝黛爱情尚未开始,作者就借落红成阵、葬花为冢,传达了与"千红一窟,万艳同杯"相通的悲凉寓意。《红楼梦》多处以花喻人,其悲叹红楼女儿不幸命运的感情指向不言自明。葬花,即葬生命。寄人篱下、对未来生活不可预知的黛玉通过葬花埋葬自己,也是为所有《红楼梦》中"有命无运"的女儿们唱的一曲悲歌。

《红楼梦》最早的评论者脂砚斋极为欣赏形象鲜明的葬花图景,等待多年都未能有人画成,故而其在批文中一再表示耿耿于怀:"恨与阿颦结一笔墨缘之难若此!"其实仔细思考,黛玉葬花绝不只是两次,二十三回中她已经有了一个自己的花冢,那足以说明她已经葬了很多次甚至很多年花了。

黛玉出身于书香世家,由于先天体弱多病又母亲早逝,寄住在外祖母这个复杂的大家族中,她的童年生活笼罩着一层挥之不去的忧郁,谨小慎微地做人给他人留下了"孤高自许,目下无尘"的印象,但她身上不被人理解的痛苦,思想上的孤单,最终只能化为葬花的悲哀与无奈。黛玉用"葬花"来追求美、凭吊美的流逝,却又清晰地感知到生命和青春的无力悲凉。从此,"葬花"便成了黛玉的专属名词,大观园中除了知己宝玉,无人能理解她的悲伤,而她哀悼的,是所有生命得不到真正舒展的女儿们的命运。

三 语言学研究

《左传》数量词探析

张冰涛

西南大学文学院

摘要：作为对《春秋》的注解，《左传》具有重要的史料价值和艺术魅力，为上古汉语的研究提供了重要资料。在古代汉语中，数量词研究相较于其他实词研究尚且不足。正确认识和全面把握数量词对我们阅读和理解古文以及研究古汉语语法具有重要意义。本文以《左传》为研究对象，探讨数量词的相关问题。

关键词：《左传》；数量词；语法研究

现代汉语中的数量词已经成为我们日常表达和书写应用过程中必不可少的一部分，然而古代汉语中的数量词则与之存在较大差异，这可以从词序位置、句法成分、数词和量词的种类等角度进行分析。

古汉语语法的系统性研究起步较晚，也未能取得什么重大的突破，直到清末第一部系统研究汉语语法的著作问世才打破了这一平静的局面。马建忠所著的《马氏文通》将西方的语法学理论引入古汉语研究，在对词类和句法研究过程中"对数词给予了定义、分类、语法特征等诸方面的界定，提出了自己的看法"。虽然存在不足之处，但数词的研究已经就此起步，还是立下了不可磨灭的开创之功。随后，吕叔湘的《中国文法要略》对数词进行了更为科学合理的分类，又另外探讨了量词的有关内容，推动数量词研究进入一个新的历史阶段，为后来学者的研究提供了有益的借鉴和参考。

本文所参照的资料是由中华书局出版、刘利和纪凌云译注的《左传》。在查找全书数量词的过程中主要以数词的有效出现为标准，共有240余条，其中有很少一部分是重复出现的数量词。接下来以此为对象进行归纳和分析。

一、数词在句子中的词序位置

"数词是表示人或事物的数目及动作行为次数的词。"最常见的有一、二、三、九、十、百、千、万等，也有一些大写的数词比如贰，大写数词一般用作动词。"上古汉语中，数词和量词很少连用，因为量词的使用较数词要晚。"这也就是说，由于"上古汉语中量词使用范围有限，数词和量词结合不紧密，数量意义一般是通过数词单用来表达。"现代汉语一般是数量词组合形成数量短语，多位于名词前边，比如"一条鱼""一朵花""一杯酒""一首歌曲"等。古汉语则是"除表示度量衡单位必须用量词外，其他情况往往不用量词，这是古代量词不发达的表现"。

(一)数词和名词搭配

一般是数词单用，既可以放在名词前边，也可以放在名词后边，使用起来比较灵活。如：

如二君,故曰克。(《郑伯克段于鄢》)

四月,郑祭足帅师取温之麦。(《周郑交质》)

而况君子结二国之信。(《周郑交质》)

所谓六逆也。(《石碏大义灭亲》)

五日而还。(《石碏大义灭亲》)

此二人者,实弑寡君。(《石碏大义灭亲》)

三年而治兵。(《臧僖伯谏观鱼》)

伐�三门。(《宫之奇谏假道》)

姬遂谮二公子曰。(《晋国骊姬之乱》)

彼实构吾二君。(《秦晋崤之战》)

一薰一莸,十年尚犹有臭。(《晋国骊姬之乱》)

以上的数词都是位于名词前,且不带量词。

驷介百乘,徒兵千。(《晋楚城濮之战》)

彤弓一,彤矢百,玈弓矢千,秬鬯一卣。(《晋楚城濮之战》)

以乘韦先,牛十二。(《秦晋崤之战》)

齐师出竟而不以甲车三百乘从我者,有如此盟!(《齐鲁夹谷之会》)

命子封帅车二百乘以伐京。(《郑伯克段于鄢》)

及宋,宋襄公赠之以马二十乘。(《晋公子重耳之亡》)

越子以甲楯五千保于会稽。(《伍员谏许越平》)

以上几例是数词放在名词后边,涉及动量词"乘"时则数量词合用,且数量词合用需要放在名词之后。

(二)数词和动词搭配

对于表动量的数词,和现代汉语数词加量词放在动词后做补语不同,古汉语一般不用量词,数词既可以放在动词前边做状语,也可以放在其后做补语。如:

齐人三鼓。(《曹刿论战》)

一鼓作气,再而衰,三而竭。(《曹刿论战》)

忠之属也,可以一战。(《曹刿论战》)

距跃三百,曲踊三百。(《晋楚城濮之战》)

兴,三踊而出。(《晏子不死君难》)

九顿首而坐,秦师乃出。(《申包胥如秦乞师》)

三肃使者而退。(《晋楚鄢陵之战》)

晋侯三辞。(《晋楚城濮之战》)

出入三觐。(《晋楚城濮之战》)

三进及溜,而后视之。(《晋灵公不君》)

逐之,三周华不注。(《齐晋鞌之战》)

一战而霸。(《晋楚城濮之战》)

以上可以看出数词与动词搭配时其位置是不固定的,不过大部分是数词放在动词之前,都是单用而不带量词,表示的是动作发生的次数,译成现代汉语就是数词加上量词作为动词的补语。

(三)数词和"形容词"搭配

事实上,数词是无法修饰形容词的,即便可以与形容词相接,归根结底还是修饰名词或动词?除此之外,只有形容词活用为动词或名词时数词才能与之搭配。如:

"人有一善"中的"善"本来是"善良的""好的"的意思,这里形容词活用为名词,指的是"善行""优点",这样数词就可以修饰活用后的形容词了。

还有,"乘一奔而御风"中的"奔"本为动词"急跑",这里活用为名词"马",这样数词也可与"动词"搭配了。

二、数词可承担的句法成分

现代汉语的数词要想做句子成分,必须和量词相结合构成数量短语,比如"我只吃一根(冰激凌)""一根(冰激凌)也很贵的"中的数量短语分别充当宾语和主语,但在古汉语中数词可以不受量词搭配的限制,直接充当主语、谓语、宾语、定语、状语、补语等句子成分。如:

(一)做宾语

太叔又收贰以为己邑。(《郑伯克段于鄢》)

(二)做主语

二入于公。(《晏婴叔向论齐晋季世》)

(三)做谓语

晋车七百乘。(《晋楚城濮之战》)

(四)做定语

楚有三施,我有三怨。(《晋楚城濮之战》)

(五)做状语

郤至三遇楚子之卒。(《晋楚鄢陵之战》)

(六)做补语

距跃三百,曲踊三百。(《晋楚城濮之战》)

三、数词的种类

数词可以根据在句子内容中表达的意义分为分数、倍数、约数、虚数、序数、基数等类别,根据表数法差异可以分为基数标记法、分数标记法、倍数标记法、以定数表示虚数、概数等五种。

第一,《左传》中出现了较多的时间副词,数词在其中充当的就是类似于序数的作用,不能简单地理解为有多少时间。如:

五月辛丑,大叔出奔共。(《郑伯克段于鄢》)

九月,卫人使右宰丑涖杀州吁于濮。(《石碏大义灭亲》)

冬十一月己巳朔。(《子鱼论战》)

二月,郑伯如晋。(《子产告范宣子轻币》)

三月,大子建奔宋。(《伍员奔吴》)

十年春,及齐平。(《齐鲁夹谷之会》)

十五年五月,陈侯自敝邑往朝于君。(《郑子家告赵宣子》)

以上的数词都指的是"第几(年)"或"第几(月)",可以理解为起到序数的作用。

这些由数词和名词构成的时间状语不仅点明了故事发生的背景,也可以成为贯穿全文的线索,一目了然,有助于读者的理解。尤其是《郑子家告赵宣子》最为典型,依次出现了"九月""十一月""十二年六月""十四年七月""十五年五月""往年正月""八月""文公二年六月壬申""四年二月壬戌"等一系列的时间点,数词的导引作用可见一斑。

第二,分数标记法。体现在:

  民参其力,二入于公,而衣食其一。(《晏婴叔向论齐晋季世》)
  先王之制,大都不过参国之一,中五之一,小九之一。(《郑伯克段于鄢》)

这里用到了三种分数表示方法,分别是只用分子不用分母,实表分母是三;分母分子连写,分母为"其"所代表的三;分母加之一。

第三,倍数标记法。体现在:

  四升为豆,各自其四,以登于釜,釜十则钟。(《晏婴叔向论齐晋季世》)

这可以理解为四升为一豆各自以四进位,一直升到釜,十釜就是一钟。

第四,以定数表示虚数。体现在:

  距跃三百,曲踊三百。(《晋楚城濮之战》)
  百官之属,各展其物。(《子产坏晋馆垣》)

以上意为"向前和向上跳了多次""各部门的属官展示其掌管的东西"。

第五,概数。体现在:

敢烦大夫谓二三子。(《晋楚城濮之战》)
而二三子以为己力。(《晋公子重耳之亡》)
楚人恶君之二三其德也。(《吕相绝秦》)
岂唯二三臣?(《子产不毁乡校》)

以上都是表示概数,表示数量在这一区间内。由于是具体的人数,所以可能是两个人也可能是三个人,需要根据上下文语境来判断。

四、量词

"量词是表示人或事物的数目单位及动作行为次数单位的词。"在上文介绍数词的过程中已经涉及量词。量词一般与数词搭配使用,这在现代汉语中比较常见。量词可以分为动量词和物量词两类。物量词使用较早,可以表示度量衡(都城过百雉)和天然单位(宋襄公赠之以马二十乘)。据相关研究结果可知:汉代以后,其他的一些普通名词也逐渐演变为物量词,如枚、枝、朵、遍、下、头等。动量词出现时间较晚,魏晋时代才得以诞生,随后逐渐增加,但在古汉语书面语中用得不多。在历史发展过程中量词也在不断地演变,有被淘汰的(釜、钧等),也有新出现的(顶、遭等)。那些没被淘汰的量词向三个方向发展,分别是词义缩小、扩大和转移。所以在阅读古文的过程中我们需要追根溯源,了解量词的前后变化和不同之处。

"古汉语数量结构无论从外在形式还是语义功能角度看都是陈

述人强调的成分,是句中的焦点。"这说明数量词在古文中对于句子结构的分析是不可忽视的重要组成部分,对我们学习和理解古文具有积极的指导意义。本文通过研究《左传》,分析得出了数量词在语法结构方面的若干规律,难免会有遗漏之处,还需要进一步加以完善。

参考文献:

[1]达正岳.上古汉语数量词研究的现状及意义[J].黑龙江史志,2010(1).

[2]唐红松.古汉语数量词用法考察[J].和田师范专科学校学报,2008(2).

[3]王力.汉语史稿[M].北京:中华书局,2004.

[4]杨殿奎.古汉语数量词用法的几个特点[J].语文教学通讯,1980(6).

[5]冯雪燕.从焦点角度看古汉语数量结构[J].江西教育学院学报,2011(2).

四

外国文学研究

《哈姆雷特》的女性主义解读

樊帆

西南大学文学院

摘要：若是要从女性主义视角对莎士比亚戏剧《哈姆雷特》加以具体分析，就必须对构成文本悲剧性的男性话语加以解读，并以此为参照剖析《哈姆雷特》中的主要女性形象——奥菲利娅以及王后，从而达到对莎翁写作中性别权力冲突的认知。奥菲利娅作为哈姆雷特女性特质的性格映射符号疯癫而死，王后作为再嫁小叔子的不忠妇误饮毒酒而死，都反映了莎翁强烈的男性权力意识。

关键词：莎士比亚；《哈姆雷特》；女性主义；男性话语

关于莎士比亚的评论和研究，从他的同代人开始就层出不穷，几乎覆盖了后世文学批评的所有阶段。至20世纪，莎士比亚及其作品更是成为不同批评方法的聚讼之地。除去弗洛伊德（Sigmund Freud）对莎剧人物的心理分析，弗莱（Northrop Frye）对莎剧情节的神话原型考察，新批评派的文本细读以及意象派批评的语义还原之外，我们还可以看到西方马克思主义借其进行文化的反省，新历史主义则常常将莎士比亚的作品作为基本的理论出发点。而女性主义者从莎士比亚的作品中发掘"言说的权力",她们认为,被父权文化主控的戏剧,遮蔽了剧场中的女性经验,女性无法在戏剧中表演自身,只能成为被表演的对象,成为戏剧中的"他者"。这种研究方法直接造成了对莎士比亚戏剧中的男性化戏剧霸权结构的批判和对作者本人写作倾向的争论。但在强调个性和普遍人性,坚持每个人都应该受到没有性别、种族歧视的同等对待这一自由主义、人道主义基本论点上,女性主义应当受到相当的重视。因此,本文试以女性主义为切入点,对构成文本悲剧性的男性话语加以解读,并以此为参照剖析《哈姆雷特》中的主要女性形象,认知莎翁写作中性别权力的冲突。

一、男人的一半是女人——哈姆雷特与奥菲利娅的同质性

显而易见的,《哈姆雷特》是一部以男性为中心话语写作的作品,哈姆雷特在其中占据了无可动摇的主角地位,他的思想、语言、行动推动着整个情节的发展。其他两位主要女性形象——奥菲莉娅和王后常常被视作依附于男权话语而存在的角色,她们所呈现出来的柔弱、顺从的性格特质也被看作主体对"他者"的压抑、"他者"对主体的服从下的产物。但笔者认为奥菲利娅并不应当简单地被视作哈姆雷特的陪衬,她与哈姆雷特不应当是割裂的二元体,而应当是哈姆雷特性格的一方面投射。

从表面上看,哈姆雷特和奥菲利娅都是符合父权制下传统性别角色的——哈姆雷特理智坚毅、英勇果敢,奥菲利娅温柔感性、软弱盲从。至于后世成为定论的"哈姆雷特的犹豫"仅仅表现于他面对叔父忏悔时短短的一瞬,在文中也给出了清晰的解释——"现在他正在洗涤他的灵魂,要是我在这个时候结果了他的性命,那么天国的路是为他开放着,这样还算是复仇吗?不!收起来,我的剑,等候一个更惨酷的机会吧。"在整个复仇过程中,无论是利用自己的理性验证鬼魂所说的话语,还是装疯卖傻打消叔父的怀疑,又伪造书信使巧计从船上逃脱,他一直在有条不紊地铺开自己的复仇计划,而没有丝毫的犹豫,最终必然达到杀死叔父、为父报仇的目的。从这个角度来看,他因将叔父看作自身"杀父娶母"的俄狄浦斯情节映射而对杀死叔父抱有犹豫之说应当是不成立的。他一直以强烈的理性主义精神,运用属于"人"的智慧展开复仇。相比之下,奥菲利娅表现出的则是一派天真。她对哈姆雷特因为丧父和母亲改嫁叔父后的哀恸表现出了惊人的无知无觉,并在这个时候听从父亲波洛涅斯的话向哈姆雷特提出了分手。在哈姆雷特为了降低叔父警惕装疯卖傻时,她也盲目相信父亲所言是爱情受挫的缘故。她同她的父亲一样呈现出了早期人文主义者"信善"的特征,相信人的善恶是天生固有的。奥菲利娅和哈姆雷特的行为似乎都符合他们各自的性别气质,但如果细细分析,哈姆雷特和奥菲利娅实际上是一类人。

首先,作者在一开始就有意地突出哈姆雷特身上的女性特质。在父亲死后他的哀恸不是隐忍内敛的,而是有"滚滚江河一样的眼泪",他对改嫁母亲的咒骂是近于长舌妇一样恶毒的:"短短的一个月以前,她哭得像个泪人儿似的,送我那可怜的父亲下葬;她在送葬的时候所穿的那双鞋子还没有破旧,她就,她就——上帝啊!一头没有理性的畜生也要悲伤得长久一些——她就嫁给我的叔父,我的父亲的弟弟,可是他一点不像我的父亲,正像我一点不像赫拉克勒斯一样。只有一个月的时间,她那流着虚伪之泪的眼睛还没有消去红肿,她就嫁了人了。啊,罪恶的匆促,这样迫不及待地钻进了乱伦的衾被!"夸张的言辞、澎湃丰富的情感,都表现出近似女性的气质。

其次,《哈姆雷特》一剧采取了明显的明暗双线的结构,明线是哈姆雷特的复仇,暗线则是哈姆雷特追寻自我、完成自我塑造的过程。哈姆雷特和奥菲利娅一样都是出身于贵族家庭,接受良好的教育,万事无忧,生活中最大的烦恼不过是爱情中甜蜜的磕磕绊绊。换言之,他们都是生活在象牙塔里的人,没有接触过权力斗争下的阴暗倾轧,代表着传统性别角色中柔弱、善良、无邪的女性符号。但是国王的猝死、鬼魂的出现打破了这一切的平静。哈姆雷特被迫从一个忧郁地吟唱着情诗的王子成长为一个身担复仇重任的复仇者。这时,他必须完成从一个女性化角色到一个男性角色的转变,因此他必须决绝地抛弃奥菲利娅。我们可以看到,哈姆雷特在一开始除了要求霍拉旭保守秘密和观察看戏时克劳狄斯的反应外,从头至尾都打算一个人完成复仇。他抛弃奥菲利娅是为了抛弃自己软弱天真的一面,也是为了保护这一份天真使其免受克劳狄斯的伤害。这就使得奥菲利娅必死,她的死一方面在爱情意义上意味着哈姆雷特对世间了无牵挂,可以放心大胆地完成复仇;另一方面在符号层面上意味着哈姆雷特软弱可欺的逝去,他真正成为一个冷酷坚忍的复仇王子。

二、男性话语下的牺牲品——王后之死

从前面的分析我们可以看到,哈姆雷特并没有俄狄浦斯情节。那么王后何以必死呢?在剧作的最后,从误饮毒酒的王后到弑兄篡位的国王克劳狄斯,再到为父报仇的雷欧提斯、哈姆雷特无一幸免通通死去了。那么我们不仅要问,剧作家这样安排的用意何在?是为了通过这样集体的死亡进一步增强剧作的悲剧性吗?笔者认为,这种集体性的死亡各有其指归,恰恰是作者对皆大欢喜的结局的变相安排。

克劳狄斯的死是必然的。文艺复兴时期的戏剧对古希腊、古罗马时期戏剧一个重要的继承和发展在于人物性格开始趋向多面性。善恶分明的扁平模板式人物形象开始走向立体和多元,善与恶的界限也趋向模糊。但克劳狄斯无疑是一个彻底的反面人物——他弑兄和企图杀死哈姆雷特以巩固王位是不争的事实,迎娶自己的嫂子也存在哄骗的嫌疑。因此,他的死可以达到惩恶扬善、满足观众心理的效果,同时他的死意味着复仇的完成,情节的整义性得以实现。与此相呼应的是哈姆雷特的死。从戏剧扮演的角度来说,情节整义性的完成意味着哈姆雷特可死可不死,但莎士比亚选择让哈姆雷特死去,其实是比让哈姆雷特从权力斗争中幸存夺回王位更好的安排。哈姆雷特不止一次地表现出了对丹麦这个国家甚至人世的厌弃——"谁愿意忍受人世的鞭打与讥嘲、压迫者的凌辱、傲慢者的冷眼、被轻蔑的爱情的惨痛、法律的迁延、官吏的横暴和费尽辛勤所换来的小人的鄙视,要是他只用一柄小小的刀子,就可以清算自己的一生?"他在死前也指定了王位的继承人——战胜归来的挪威王子。显然相比于哈姆雷特,他是继承王位的更好的人选。即使凭借自己的力量实现了为父报仇的目标,哈姆雷特仍是一个忧郁自我的人文主义者,在王权社会显得格格不入。他的死也是有迹可循的。与雷欧提斯一样都是为父复仇,都是目的的善和行为的恶的冲突。雷欧提斯却在与哈姆雷特决斗这一"善"的目的中纵容了克劳狄斯使用不光彩的手段——在决斗的剑上涂上毒药想要致哈姆雷特于死地。这种违背公平正义的复仇行为因此受到了惩罚,在某种程度上也暗合了"惩恶扬善"的主题。同样地,哈姆雷特在为父报仇的过程中误杀波洛涅斯,并在误杀之后表现出令人惊愕的冷酷麻木,他目的的善没有抵消他行为的恶。他也同样受到了惩罚。

但王后的死相对而言少了许多情节和艺术张力上的意义。她纯粹是作为一个男性话语下的牺牲品死去的。她的改嫁虽然是出于诱哄下的自愿,但她对哈姆雷特的爱是出自真心的。她对克劳狄斯的阴谋毫不知情,包容哈姆雷特的狂诞无理、口出恶言,为哈姆雷特的胜利感到真心的自豪和骄傲因而误饮毒酒。她也许不是忠贞的妻子,却是慈爱的母亲,但她仍然落得横死的结局,并且作者以她的死作为警醒哈姆雷特的信号工具。那么我们可以认为,她的死是一种惩戒——她对丈夫不忠。但如果仔细分析,她对克劳狄斯阴险恶毒的本质是不知情的,那么她的改嫁除了过于迅速和道德礼教之外并无不妥。但事实上,王位的兄终弟及和长嫂为妻无论是东方还是西方都是古已有之,同时"为了表示庆祝,今天丹麦王每一次举杯祝饮的时候,都要放一响高入云霄的祝炮,让上天和着地上的雷鸣,发出欢乐的回声"。这种举国同庆的画面意味着即使在剧中这也不是引人诟病的地方。王后出于自身对性和爱的追求的改嫁应当是合理的。这种惩戒事实上是男性话语的一种流露:女性必须保持肉体的贞洁,女性的欲望是令人不齿的。这种"荡妇"必将受到惩罚。这种文化心理我们从哈姆雷特"羞啊!你不觉得羞愧吗?要是地狱中的孽火可以在一个中年妇女的骨髓里煽起了蠢动,那么在青春的烈焰中,让贞操像蜡一样融化了吧。当无法阻遏的情欲大举进攻的时候,用不着喊什么羞耻了,因为霜雪都会自动燃烧,理智都会做情欲的奴隶呢"的咒骂中也可一窥一二。

三、莎士比亚女性主义观

在莎翁的戏剧中,性别关系的主题占据着突出的地位。对女性命运与性别主题的关注成为他思考人性、表达人文理想的一个重要着眼点。关于莎士比亚是女性主义者还是厌女主义者的争论在学界一直争论不休,所得出的结论也大相径庭。一部分女性主义莎学研究者认为,莎翁作品描述了"完美"的女性形象,她们意识中的超前性恰恰是莎士比亚女性主义意识的反映。而对弱势女性群体的关注更加印证了莎翁的女性主义情结,所以他完全可以被称为"原初女性主义者"。另一部分虽然没有断定莎士比亚是女性主义者,但承认他有女性主义倾向。Mary Cowden Clarke,莎翁作品的第一位女性编纂者,这样赞美莎士比亚:"他很好地维护了女性的权益。"与之相反,另一部分评论家完全不同意上述观点。在他们看来,莎士比亚的戏剧是为男性所作,而所有的角色也皆由男性扮演,所以他的戏剧中不可避免地弥漫着男权主义意识。他的剧中充斥着对男性的尊崇和对异性恋的肯定,并弥漫着厌女主义的气氛,这种意识和气氛伤害了很多女性读者和同性恋读者。受篇幅及选题所限,笔者不能对莎翁的性别意识做全局性的论断,但就《哈姆雷特》一剧而言,综合前文的论述,作者的确是以男性话语加强了父权制。

我们可以看到,无论是奥菲利娅还是王后的死都是作者有意为之的。王后之死是对她不忠的惩戒,奥菲利娅则是由于父亲的死陷入疯癫落水而亡。这就与哈姆雷特之前的疯癫形成了对照。哈姆雷特的疯癫是为了自保的装疯卖傻,同时也是一个清醒地看透世间肮脏与黑暗的格格不入的旁观者的自我欺骗与逃避。他在装疯卖傻时说出了大量富有哲理的格言警句:"生存还是毁灭,这是一个值得思考的问题;默然忍受命运的暴虐的毒箭,或是挺身反抗人世无涯的苦难,通过斗争把它们扫清,这两种行为,哪一种更高贵?"但奥菲利娅不同,她缺乏哈姆雷特敏锐的洞察力。这种彻底的无知无邪并没有为她带来幸福,而是陷入癫狂而走向死亡。这样一个柔顺天真的生命的陨落代表着一种以非理性的行为方式死亡,这也是后期人文主义者与前期"信爱"的人文主义者所不同的地方。根据莎士比亚在这部被称为他四大悲剧之一的剧作中为这两位女性安排的结局,将他看作原初女性主义者应是有待商榷的。

综上所述,我们可以认为在《哈姆雷特》一剧中,两位主要女性人物——奥菲利娅和王后都受到了来自男性话语的支配,也由此可见莎士比亚在处理戏剧人物及冲突时的男权意识以及由此形成的对女性人物形象丰富性的遮蔽。

参考文献:

[1]杨慧林.诠释与想象的空间:批评史中的莎士比亚与《哈姆雷特》[J].外国文学研究,2006,28(6).

[2][法]西蒙娜·德·伏波娃.第二性(全译本))[M].陶铁柱译.北京:中国书籍出版社,1998.

[3]周宁.西方当代社会科学理论对戏剧学的影响[J].戏剧艺术,2004(4).

[4]王玉洁.莎士比亚:原初女性主义者还是厌女主义者——莎士比亚女性观探佚[J].兰州大学学报(社会科学版),2013(5).

精神分析批评视角下的《1984》

徐庚源

西南大学文学院

摘要:《1984》作为一部政治讽刺小说,其政治性和隐喻被无限放大,而小说中因"思想控制"而引发的主角温斯顿一连串的思想、心理问题,以及由此产生的社会、两性关系的矛盾冲突往往被忽略。本文将从弗洛伊德的"三我"原则及精神分析批评中的心理恐惧、死亡恐惧、性等方面,解释《1984》的关系构成和矛盾冲突。

关键词:《1984》;心理恐惧;精神分析

一、"三我"原则指导下的人物塑造

在阿道司·赫胥黎致乔治·奥威尔的信中谈道:"而如今,精神分析与催眠术被结合在了一起。巴比妥类药物可以诱使人,哪怕在面对最艰难的话题时,也能够被催眠,进入易受影响的状态。因此催眠术也变得简单,作用更为广泛。"阿道司·赫胥黎同时谈到《1984》中对弗洛伊德精神分析法的呈现,由此可见,《1984》在"思想控制"这一主题下发展出的种种剧情与精神分析当中的内容是紧密相连的。

回归文本,就《1984》的人物塑造来说,很明显是弗洛伊德的"三我原则"的独立具象化,并且以"三我"为标准划分出了对立的阶级。在这种划分当中,底层的无产者毫无疑问是"本我"的文本体现,他们人数最多,却毫无秩序,一天到晚只是被动地接受一切,甚至没有任何反抗的冲动,完全被个人本身最基础的生存欲望所支配。在这样一种不需要思考就没有恐惧的环境当中放弃理性和感性,只追求无意识的快乐,成为整个大洋国最驯服和最稳固的下层阶级。而温斯顿、茱莉亚所代表的具有反抗意识的外党人士则明显带有"本我"和"自我"杂糅的一面,在高压控制的社会当中,他们一方面不得不以符合当前社会秩序和要求的形象示人,另一方面又万般渴求由性欲释放带来的快乐以及对自我压抑的发泄。于是,以温斯顿为代表的人物往往显得十分矛盾,既享受由偷情带来的些许自由快感,又在对社会秩序的无力反抗中饱受折磨,同时这种折磨又为瞬时的性欲发泄提供了一种变态的动力,使得"自我"和"本我"交织越发紧密。这种交织从小说阶层划分来说,又是温斯顿对无产者抱有极大的依赖心理和信任心理的根由。

老大哥则是"超我"的化身,同时也处于金字塔的巅峰。老大哥所代表的是极端道德化、完全正确的一个形象,虽然这种形象的塑造是真理部人为修改历史文献、报纸等依托于老大哥的预言和指示创造的产物,但在其本身的社会共识中,老大哥就代表了真理、秩序,就弗洛伊德对"超我"作用的叙述而言:超我会抑制本我的冲动,对自我进行监控以追求完善的境界。在《1984》当中,老大哥以思想警察、真理部和电屏实现了对整个社会个体欲望冲动的抑制以及全面管控,而追求完善的境界的具体表现则是整个大洋国在老大哥的带领下去打败外部势力。一方面是为了整合整个大洋国的心理追求,以国际矛盾抑制社会矛盾,迫使全体大洋国国民为此目标去努力;另一方面,则是以此实现"老大哥"的强权控制。

整个社会以独立人物化的"三我"划分出来,但同时由于奥威尔人为地将"三我"剥离独立开来,所以在人物的塑造上出现了模式化、单一化的问题,使得人物形象不够生动,缺乏应有的多重情感表达及认知态度,并由此淡化了同一阶层人物的区别。

二、心理防御与死亡恐惧

小说文本中塑造了一个复杂且矛盾的人物——温斯顿,这种矛盾和复杂来源于社会关系的异常。奥威尔构建了一个畸形的社会,维系人与人之间关系的并非正常的感情,对一个人的判断也并非出于理性,人与人之间成了互相监督、互相举报的扭曲关系,即使是父母、夫妻之间的交流仍旧充满了斗争、不信任以及举报,这两种最富有感性的聚合关系只因为生理血缘而暂住在一起而已。由此,大洋国的社会关系并不存在信任的基础。于是,在温斯顿身上出现了亲密恐惧症、背叛恐惧症等诸多问题。与此同时,战争和国内高压所导致的死亡恐惧使得温斯顿对的死亡又产生了一种畸形的嗜好,使之一方面因恐惧死亡竭力隐藏自己"思想罪犯"的身份;另一方面又不断放纵自己的欲望去不断接近死亡,试图以死亡的方式逃离这样一个畸形的社会。

就温斯顿和茱莉亚的关系发展来说,充分体现了温斯顿性格当中对过度亲密关系的恐惧。当茱莉亚借摔倒将写有"我爱你"的纸条递给温斯顿时,带给温斯顿的是巨大的恐惧,即使看到内容,温斯顿也无法确定茱莉亚真正的目的。这种长期以来形成的对周遭环境及人物的不信任感是整个大洋国社会形成的主体价值取向的群体性感染效应造成的。"群体的意识强烈的压制住了你潜意识的个性,使你丧失了自我的主体性。群体与个体形成了较为稳定的统摄范式,群体掌握着个体的话语,超越了个体而存在。"在这种群体性感染下,温斯顿的主体意识渐渐消失,取而代之的是与社会群体相适宜的认知——过度亲密不符合要求,会带来极端伤害的后果,于是温斯顿的亲密恐惧就此产生。但由于这种亲密恐惧并非源于自身心理问题,而是由社会压迫所导致的,所以当温斯顿和茱莉亚找到了无人监控的"自由地带"时,被动的亲密恐惧无所限制则转化为对性爱的无比渴求,使得长期以来被压抑的两性情感和欲望瞬间爆发。被动的亲密恐惧反弹,转化为对亲密接触的无限追求,但这种接触只能是短暂的、瞬时的,当重新回到被电屏监控的大社会环境当中,温斯顿和茱莉亚之间的亲密恐惧则复发,并且在群体性感染下成为两者相处的主流意识和心理态度。

　　需要注意的是,温斯顿与茱莉亚在普遍认识的压迫下仍旧保有一种畸形的个人主义的反抗。个人主义认为:"社会不过是个人的集合,其中每个人都是能自我约束且理想自足的实体。"然而温斯顿与茱莉亚的反抗,对老大哥的反抗更像是一种极端压抑之后的歇斯底里。这种精神上的极度癫狂不符合一般意义上个人主义的基本条件,可以说是两人因对思想警察长期带来的死亡恐惧的变态反抗,所以温斯顿和茱莉亚以反抗压迫为名,沉溺于性爱,并且将"打倒老大哥"这一目的完全抽象化为单一的概念,使得温斯顿本身忘记了打倒老大哥是为了避免思想控制和死亡,反而"在奥布莱恩的住所,温斯顿和茱莉亚甚至宣誓,为了打倒老大哥、打倒'英社'政党,愿意做出杀人、叛国、摧残儿童心灵、纵容卖淫、传播性病等恶行。这些举动显然缺乏理性,与个人主义的要求相异"。

温斯顿及茱莉亚对死亡的恐惧有多深,他们所表现出来对死亡的迷恋就有多深。之所以两人会在奥布莱恩的住所进行以上宣誓,很大程度上是由于其希望将老大哥给予的思想上的虐待和死亡的恐慌进行危机转嫁。当温斯顿从一个死亡恐惧的受虐者转变为施虐者时,这种角色转换能够带给其一种变态的自由快感,从无法掌握自己最重要的生命变为能够尽情地施虐,温斯顿所信奉的"打倒老大哥"的信念也不过只是重蹈"英社"覆辙,成为打倒一个权威,再树立起另一个权威的名号而已。《1984》的悲哀性与无奈性正在于此,"英社"钳制思想、腐朽,应该被打倒,然而最具潜力的无产者浑浑噩噩,习惯被奴役统治,以温斯顿、茱莉亚为代表的一系列反抗分子只有不择手段的畸形个人主义理念,无论其成功与否,都不能真正将大洋国带入理性。可以说这是一种老大哥所带来的惯性,政治的掌控者和反抗者天然对立,但为实现两者各自的政治需求,又不由得会塑造出一个"老大哥",这也就是奥布莱恩所言的"老大哥一直存在,永远不死"的真谛。

三、性的发泄

大洋国社会所倡导的极端禁欲主义投射到人和人之间的关系上,使得本应由感情生发的性爱完全变为了肉欲的发泄和反抗社会规则的工具。温斯顿和茱莉亚的结合虽然因为一张"我爱你"的纸条而展开,但两者之间的关系聚合主要源于温斯顿满足了茱莉亚对"反抗意识"的渴求,即温斯顿在茱莉亚眼中只是一个代表着"反对老大哥"的符号,而并非一个独立的人。换句话说,两者追求的不是由感情发展所带来的舒适感,反而是因共同目的走到一起后并肩反抗所得到的安全感,并且"在性受到压抑这一前提之下,言性就成为反抗压抑的行为，一个人只要谈论性，他的行为就可以成为反抗压抑的英雄行为"。两人想要在保护自己的同时获得因反抗老大哥，反抗"英社"所制定的社会制度而带来的自由快感和安全感，于是从温斯顿和茱莉亚走到一起开始，两人相处的模式就是不停地进行性爱，以性爱的方式实现事实上对现行制度的挑战。

但两人之间对制度的挑战没有计划，更没有系统的政治行动，更像是一场因违背主流思潮、规则所带来的畸形狂欢。同时，这种性爱随着温斯顿和茱莉亚交往越深，渐渐地从通过性爱撬动大洋国的极权统治，并附属享受肉体交媾产生的自由宣泄感转变为通过性爱认识到自己的存在。由于长期交媾和志同道合的交流，两人的关系和情感因为这种无节制的性爱和本身的欲望产生了类似爱情的因素，但纯肉欲构成的"伪爱情"更像是上文所说"自我""本我"和"超我"的对立存在下的变态情感。

"超我"，也就是老大哥指导下所指定的一切规则压抑了所有正常的欲望表达，当长久压抑的性欲在温斯顿和茱莉亚之间无限制井喷后，两者又从自由的性爱环境回到绝对监控的状态时，"自我"的折中性将两者之间的落差整合，自然而然地在两人之间形成了"伪爱情"的关系。这种关系没有真实的感情为基础，两人都清楚其关系曝光以后绝对会以"背叛"作为结局，可以说这种"伪爱情"关系更接近于一种政治联盟，只是性爱天生和情感有所联结，使得本来单一的联盟关系因男女两性的性爱笼罩上一层爱欲的色彩。但究其根本，建立在以无忠诚为基础、背叛为结局之上的两性关系始终只能是一种肉欲基础上的"情感性联盟"。

乔治·奥威尔创造的《1984》的艺术世界充斥着以"思想控制"为主题下的种种精神变态情节，人物的塑造和社会阶层的树立几乎都是以"精神分析"展开的。这样一个畸形的极权社会,每一个独立的个体都会失去作为人天生就具备的感性和理性,支配除特权阶级以外的个体言行的是强大的思想规则。在这种思想监督之下,三大阶层以"本我""自我""超我"的方式基本固化,并且以老大哥的指导方针为主体,三大阶层以绝对服从的态度保持一致,使得社会主流意识的群体性感染遍布全社会,并在一种绝对的思想隔离中令反抗老大哥者成为全社会共识下的被歧视者,甚至使得反抗者在内心深处对追求独立的行为一直抱有怀疑,最终突出"思想罪不会带来死亡,思想罪本身就是死亡"这一经典反乌托邦论断。

参考文献:

[1]金高娣.梦的解析:小说《1984》中温斯顿的主体性问题研究[J].阴山学刊(社会科学版),2018(5).

[2]卢风.简评西方个人主义价值观[J].湖南师范大学社会科学学报,1994(6).

[3]夏炜皓.个人主义视角下对乔治·奥威尔《1984》的解读[J].汉字文化,2018(14).

《威尼斯商人》中的同性恋情探讨

宋蕊

西南大学文学院

摘要：《威尼斯商人》是莎士比亚早期代表作之一，故事主线讲述的是年轻商人安东尼奥与放债人夏洛克之间的债务纠纷。但整个故事从起因到发展，再到高潮都涉及安东尼奥与巴萨尼奥之间的同性爱情。本文将从安东尼奥的付出、巴萨尼奥的回应以及莎士比亚这种写作手法带来的影响三方面对《威尼斯商人》进行探讨。

关键词：《威尼斯商人》；莎士比亚；男同性恋

在莎士比亚的喜剧作品《威尼斯商人》中，人们往往关注的是人文主义或者反犹主义的体现，但事实上，这部剧还有一条隐藏的关键线索——安东尼奥与巴萨尼奥之间的同性之爱。由于时代的局限，莎士比亚无法公开地在他的作品中描述同性之间的爱情，而是将其描述为高尚的友情，但从很多细节中，我们还是可以寻找到比较明显的爱情痕迹。

一、爱而无结果的付出

《威尼斯商人》整个故事的起因其实就是源于一份爱而不得的感情,在全剧开篇,这份感情就已经初露端倪。安东尼奥在全剧的第一段台词就说道:"真的,我不知道我为什么这样闷闷不乐。你们说你们见我这样子,心里觉得很厌烦,其实我自己也觉得很厌烦呢。可是我怎样会让忧愁沾上身,这种忧愁究竟是怎么一种东西,它是从什么地方产生的,我却全不知道。忧愁已经使我变成了一个傻子,我简直有点自己不了解自己起来了。"当萨拉里诺和萨莱尼奥以为安东尼奥是在担忧海上的货物时,安东尼奥却说他的货物并不能使他忧愁。因此,萨拉里诺又提出另一种可能性:"啊,那么您是在恋爱了。"对此,安东尼奥的反应是"呸!哪儿的话"!按理说,作为一位有修养的绅士,安东尼奥如果没有在恋爱的话,只需要坦然否认即可,但他这种激动的反应却更像是在极力掩饰什么。能够让他做出如此举动的原因只有一个,那就是:他的爱情是无法被世俗和社会所接受的,他爱的人是他的挚友巴萨尼奥。

巴萨尼奥上场后,莎士比亚做了一个有趣的安排,他让台上其他人都借故离开,而从萨莱尼奥等人的台词中,我们不难发现他们对安东尼奥与巴萨尼奥之间的关系已经有所了解或者说是察觉。到了安东尼奥与巴萨尼奥独处的时候,整个故事的起因才被揭开——巴萨尼奥需要向安东尼奥借钱去拜访心爱的姑娘鲍西亚。当巴萨尼奥还在想办法劝说安东尼奥把钱借给他时,安东尼奥却坦白真心说道:"现在您用这种譬喻的话来试探我的友谊,不过是浪费时间罢了;您要是怀疑我不肯尽力相助,那就比花掉我所有的钱还要对不起我。"但问题在于安东尼奥心有余而力不足,他的货船都尚未返航,并不能立刻帮巴萨尼奥筹到需要的资金,因此他决定以自己的名义帮巴萨尼奥借钱。

夏洛克是安东尼奥一直以来的死对头,但是为了成全巴萨尼奥,安东尼奥不仅愿意担负利息,甚至同意如果未能如期归还全款,就割下一磅白肉作为赔偿的无理契约。在萨拉里诺与萨莱尼奥的对话中,安东尼奥对巴萨尼奥的爱情也表现得极为明显。萨拉里诺说道:"我看见巴萨尼奥跟安东尼奥分别,巴萨尼奥对他说他一定尽早回来,他就回答说:'不必,巴萨尼奥,不要为了我的缘故而误了你的正事,你等到一切事情圆满完成以后再回来吧。至于我在那犹太人那里签下的约,你不必放在心上,你只管高高兴兴,一心一意地进行着你的好事,施展你的全副精神,去博得美人的欢心吧。'说到这里,他的眼睛里已经噙着一包眼泪。他回转身去,把他的手伸到背后,亲亲热热地握着巴萨尼奥的手。他们就这样分别了。"萨莱尼奥便接着说道:"我看他只是为了他的缘故才爱这世界的。"如果安东尼奥对巴萨尼奥的感情只是如同好朋友一般,他根本没有任何转身落泪的理由。他之所以如此悲伤,不仅仅是因为一场别离,而是因为巴萨尼奥此行是要去追寻他心爱的姑娘,这也就意味着安东尼奥永远没有机会拥有巴萨尼奥的爱情了。

正当巴萨尼奥选对盒子可以与鲍西亚结婚时,一个噩耗传来了,而这个消息也成为整部剧的关键转折点——安东尼奥的货船惨遭不测,欠款无法如期归还,夏洛克正在磨刀霍霍准备取安东尼奥的性命。安东尼奥在写给巴萨尼奥的信里说道:"巴萨尼奥挚友如握:弟船只悉数遇难,债主煎迫,家业荡然。犹太人之约,业已愆期;履行罚则,殆无生望。足下前此欠弟债项,一切勾销,唯盼及弟未死之前,来相临视。或足下燕婉情浓,不忍遽别,则亦不复相强,此信置之可也。"而在安东尼奥认为自己注定要赴死时,他又说道:"求上帝,让巴萨尼奥来亲眼看见我替他还债,我就死而无怨了!"安东尼奥为什么非要巴萨尼奥前来呢？如果他对巴萨尼奥真的只是挚友之情,正直且讲义气的安东尼奥很有可能会选择自己默默承受,而不是特意写一封信请求巴萨尼奥前来。他这样做,更像是恋人间试探爱人的真心。因为他知道,巴萨尼奥对自己的感情远不像自己对他那般强烈,所以安东尼奥很不安。而当巴萨尼奥真正来到他身边时,安东尼奥大有一种死而无憾的感觉,他说道:"我是羊群里一头不中用的病羊,死是我的应分;最软弱的果子最先落到地上,让我也就这样结束了我的一生吧。巴萨尼奥,我只要你活下去,将来替我写一篇墓志铭,那你就是做了再好不过的事。"直到即将被夏洛克剜出血肉时,安东尼奥的遗言依旧是在向巴萨尼奥表白真心:"我没有多少话要说,我已经准备好了。把你的手给我,巴萨尼奥,再会吧!不要因为我为了你的缘故遭到这种结局而悲伤,因为命运对我已经特别照顾了……不要因为你将要失去一个朋友而懊恨,替你还债的人是死而无怨的。"

正如安东尼奥曾经说过的:"我把这世界不过看作一个世界,每个人必须在这舞台上扮演一个角色,我扮演的是一个悲哀的角色。"在他与巴萨尼奥的关系里,他是一个无私的给予者,无条件地支持巴萨尼奥,他愿意舍弃钱财、调动社会关系,愿意做任何事,他甚至愿意以生命为代价,只为了赢得巴萨尼奥的忠心。

二、爱而不足的回应

虽然安东尼奥与巴萨尼奥之间的关系更像是安东尼奥单方面的追求与成全,但巴萨尼奥并非不爱安东尼奥,也并非没有给予回应,他只是在"不完美"的爱情与"完美"的爱情之中选择了更加安全稳妥的后者。

当巴萨尼奥收到安东尼奥的来信时,脸色都变白了。这种反应就证明对于巴萨尼奥来说安东尼奥绝对是非常重要的,他称安东尼奥是他最亲密的朋友,一个心肠最仁慈的人,还说安东尼奥热心为善,多情尚义,在他身上存留着比任何意大利人更多的古代罗马的仁侠精神。在夏洛克即将对安东尼奥下手时,巴萨尼奥说道:"高兴起来吧,安东尼奥!喂,老兄,不要灰心!这犹太人可以把我的肉、我的血、我的骨头、我的一切都拿去,可是我决不让你为了我的缘故流一滴血。"由于夏洛克的行为是受到法律允许的,因此巴萨尼奥阻拦夏洛克的行为无疑是对法律的违背,但他并不在乎,这就说明他已经为了拯救安东尼奥赌上了自己的名誉和未来。

在听到安东尼奥"临终"的深情告白后,巴萨尼奥也终于第一次正式对此表示了回应:"安东尼奥,我爱我的妻子,就像我自己的生命一样;可是我的生命、我的妻子以及整个的世界,在我的眼中都不比你的生命更为贵重;我愿意丧失一切,把它们献给这恶魔做牺牲,来救出你的生命。"这几句回应甚至还引起了鲍西娅的嫉妒,可见他对安东尼奥并非没有爱情。他愿意以十倍的数目帮安东尼奥还清欠款,甚至愿意让夏洛克割他的手、砍他的头、挖他的心,只要夏洛克不伤害安东尼奥,他愿意做任何事,即便是付出自己的生命。

如果说安东尼奥为巴萨尼奥所付出的一切是出于最单纯的爱的话,那么巴萨尼奥为安东尼奥所做的就多了一份愧疚感,因为安东尼奥与夏洛克的纠纷本就是因他而起。面对因为自己而被伤害的挚友,他的内心不允许自己袖手旁观,因此他的爱里其实掺杂着一种赎罪的义务。

三、被美化的边缘群体

不同的文化对于同性恋的定义是不同的,在19与20世纪之交,美国白人工人阶级认为:在性交过程中,如果让其他男性主动,而他本人表现出传统的女性特征——顺从、羞怯、轻佻、柔和,只有这样的男人才算同性恋。在古雅典,同性恋与异性恋并非截然对立。性伴侣的选择依据的是社会等级,而非生理性别。在雅典,男性统治阶级中的成员只能与社会地位比他低的人建立合法的性关系:任何年龄段、任何阶层的女人,已过青春期但尚未达到法定的市民年龄的自由民男孩、奴隶以及外国人。当代社会的主流观点则认为只要一个人对同性产生爱情和性欲就属于同性恋。尽管同性恋的产生原因尚有争论,但毋庸置疑的是,同性恋是人类性取向的一种,是绝对正常的。作为性少数群体,同性恋者在很长一段时间里都受到了来自异性恋群体的迫害,他们曾经被贴上精神病的标签,一旦被发现,他们就有入狱的风险,就算王尔德和魏尔伦这样的著名作家也难以幸免,这正是同性恋被污名化所造成的。但是,莎士比亚塑造的同性恋形象却与传统思想中的同性恋者完全不同。

在《威尼斯商人》中,安东尼奥的形象明显是被美化了的。他为人正直,重情重义,身上具有古罗马式的英雄主义精神,即便是以现在的眼光来看,他身上唯一的污点也只有欺侮犹太人夏洛克,而这个仅有的污点也是毁誉参半的,因为夏洛克本身也不是什么好人,而且反犹主义甚至还可以被解释为时代的局限而不予追究。因此,如果莎士比亚的确是将安东尼奥这个角色定义为同性恋的话,那么他的创作意图就十分明显了。在文艺复兴这场风潮中,他要高举的不仅仅是人文主义的旗帜,更是扬起了一面鲜艳的"彩虹旗",向世人证明同性恋身上所具有的高尚品质。而通过对巴萨尼奥这个角色的描述,莎士比亚又表现出了人类在性选择上的多样性。巴萨尼奥既可以爱与自己性别相同的安东尼奥,也可以爱与自己性别不同的鲍西亚。

毫无疑问的,莎士比亚在《威尼斯商人》中对作为性少数群体的同性恋及双性恋者给予了积极的描述,这已经不是简单的去污名化,而是对其形象进行了美化,对于后来的同性恋平权也具有积极作用。

参考文献:

[1][英]威廉·莎士比亚.威尼斯商人[M].朱生豪译.北京:中国国际广播出版社,2001.

[2]赵寒松.酷儿理论视角解读《威尼斯商人》[J].大众文艺(学术版),2018(1).

[3][美]罗伊丝·泰森.当代批评理论实用指南[M].赵国新等译.北京:外语教学与研究出版社,2014.

中日文学中的叙梦现象研究

王劭康
西南大学文学院

摘要：本文以叙梦本身为出发点与落脚点，利用结构主义方法、历史唯物主义观点等，立足中日文学中的典型叙梦文本进行阐述与比较，力求将中日文学中的叙梦现象进行分析与梳理，试图为读者提供一种更具条理、更接近叙述本身的认知叙梦现象的视角。

关键词：叙梦；比较文学；古典文学；文化学；结构主义

当最早的生命体衍生出复杂的脑结构，梦境悄无声息地出现在太古鸿蒙之中；当最初的古人类开始萌发自由意志，梦首次开始被作为一个认知对象进行思考。根据荣格的理论，"梦是无意识自发的和没有扭曲的产物"。迪迪埃·安其厄说，释梦将我们引向的不是精神分析，而是无意识。我国古代也对梦有着同样的认识，王充认为梦产生的条件是"气倦精尽""人梦不能知觉时所作"，即感知的丧失和生理机能的蛰伏。东西方在此基本达成共识，认为梦的产生是以无意识为基底的。

作为一种来自非现实世界的秘密暗示,梦境可能是探索人类心灵深处最为安全而直观的一条道路,也可以是超自然的神秘世界显现形迹的窗口。无论梦背后究竟为何,其都以超感的力量对人类有限的自我意识给予了补偿。在现实的自我无法完成或感知的时候,无意识为之提供了全知全能的视角,随心所欲的能力,使我们可以在精神层面上补偿物质的限度。

对梦境不可抑制的好奇激发了人类对于梦现象的探索,此种探索正是由"叙梦—释梦"的二段程序所构成,叙梦是为释梦所做的前期准备,释梦则是叙梦的必然目的。人类对于梦现象的探索使得该模式不断发展,拓展自身的内涵,更新自身的形式,叙梦也由此成为一种特殊的文学现象,贯穿了我们的历史。

在我国学术界,现有论文与著作多以梦文化或梦文化史的形式对梦进行研究,偶有对梦意象的探讨;针对叙梦文本,多为小说文本的一般比较,而较少以叙梦为落脚点或针对叙梦现象进行讨论。本文以叙梦本身为出发点与落脚点,利用结构主义方法、历史唯物主义观点等,立足中日文学中的典型叙梦文本进行阐述与比较,力求将中日文学中的叙梦现象进行分析与梳理,为读者提供一种更具条理、更接近叙述本身的认知叙梦现象的视角。

一、叙梦的价值与意义

(一)叙梦的表达功效

上古先秦时期,占梦是信仰占卜的绝对代表,所谓"众占非一,而梦为大",最早的叙梦正是应此需要而生。传统叙梦只有在现实语境无法充分表达思想时,开始发挥效力。对梦的迷信高于纯粹神秘主义的占卜,比星象更具个人色彩与针对性,又能与现实保持若即若离的关系,成为现实表达的重要手段。梦的重要可以体现在通过叙梦强化自我表达权威性上,清代姚莹的《康輶纪行》有载王阳明梦郭璞示诗,实则是作者借郭璞对阳明先生的叙述表达自身的历史观;阮葵生《茶余客话》则以齐召南的异梦为于谦昭雪申冤。二者皆是以梦强化自身所论。明人附会李白梦笔生花,以强调其才乃天赐之,亦属同理。

另一方面,儒家强调:"子不语怪力乱神。"原因并不全部在于"怪力乱神"的不可知,而更在于其不可控。神秘主义自诞生之日起就是反秩序的。统治阶级以叙梦为破例的神谕,一般民众以叙梦为暂时脱离世俗约束、进行自我表达的有效手段。自身不便言之言,在叙梦中可以以某人物之某梦的形式曲折委婉地表达,以此实现对叙梦者的保护。汤显祖在《牡丹亭题词》中说:"梦中之情,何必非真?"他自己在"临川四梦"中,就常常以人物之梦来抨击现实。汤版《邯郸记》着重描写了官场斗争,即在《枕中记》《南柯记》的基础上,将叙梦的目的由劝谕对象转化为讽刺时事。而这种指向性极强的尖锐讽刺是作为叙梦者的汤显祖无法以直白的方式说出的。

对于文学表达而言,梦还是在相对现实的叙述背景下打破僵局的有效工具。通过叙梦推进剧情、解开迷局体现了古人对于依靠神异的超自然捷径破除神秘的美好愿望。但是对于文学作品而言,如果插入一则叙梦就可以解决所有的问题,作品的叙事逻辑未免太简单粗暴了。因而不同的作品会对叙梦加以限制,如唐代李公佐撰写的《谢小娥传》中写谢小娥父亲和丈夫的谕信指凶之梦,死者并不直接说出凶手的姓名,而是以字谜传梦:

初,父之死也,小娥梦父谓曰:"杀我者,车中猴,门东草。"

又数日,复梦其夫谓曰:"杀我者,禾中走,一日夫。"

如此圈绕的信息,自然会带来释梦的困难:

小娥不自解悟,常书此语,广求智者辨之,历年不能得。

谢小娥父、夫托梦,但二人并不是明确地指出凶手,而是有违常规地以令人费解的字谜追凶,犹如游戏,以至于亲人无法知晓其意。这显然不是由于二人喜好字谜或托梦本身不足以传达消息,而是由于文本叙述曲折性的需要。唯此二人言之不明,才能有之后谢小娥广求智者无解的凄凉、最终明白仇人姓名的大悟、设计手刃仇家的痛快。如果叙梦完全以达成传达谕信的功效为目的,那么文本就变得荒诞不经、波澜不起了。与之相似,《窦娥冤》中窦娥与窦天章在托梦伊始的非理性冲突也是为了营造曲折性。

(二)叙梦的政治伦理价值

梦是难以控制的,也是最容易被捏造的。无论真伪,都是无从质疑的绝对真理。而在政治力量和道德评判的支撑之下,梦的力量是难以轻易被推翻的。因而叙梦承担了借助神秘主义的权威,引导受众意志的功效,甚至统治阶级本身也难以例外。

通过刻画神异的叙梦,以将某种对象加诸天道或命运的光环,向来是便利的政治技巧。上文将"梦日"模式作为感应式梦的典例进行过介绍,但叙梦衍生的神话并不只此类型。在《拾遗记》之前,《史记》中就曾有"王媪梦日入怀"的故事。在此之后更有东吴政权孙权、孙坚"日月入怀";契丹开国英雄耶律阿保机"梦日堕怀中,有娠";宋太祖赵匡胤之母"梦日入怀";《格萨尔王传》中格萨尔王为龙女与太阳神交媾而生……"梦日"通过建立一份"出生—天命"之间的联系,成为封建社会最具典型性的人造瑞兆之一。

尽管以"梦日"为主要内容,但是其核心在于"梦",而非"日"本身。由这个模式进一步扩散,梦境被赋予了超乎常世的权威。因为相较于其他瑞兆而言,梦不受主观力量控制,不可刻意而为,却又极易捏造。饱含神秘主义权威,又具有高度可塑性的梦,为人类攫取自然与神明的超然神性提供了一条便捷的道路。

叙梦对于道德教化也有其独特的作用。依据"天人感应"的理论,噩梦是受上天之警或灵魂遭到侵扰的表现。前者说明梦者作为出现了问题,后者说明梦者自身意志修养有薄弱环节。因此,噩梦对于伦理警戒的作用与宗教相当,难以刻意求之,但是更为积极有效。叙梦的理想目的之一,即到"天子梦恶则修道,诸侯梦恶则修政,大夫梦恶则修身"的督促作用。

除此之外,"南柯一梦"的故事也具有深重的道德训诫意味。梦的世界是极端的无意识,人潜在的欲望于其中显现。那么就顺水推舟,将人的欲望综合最大化地展现在叙梦中,以大梦显大欲,以大梦之觉醒显大欲之虚妄。"南柯一梦"式的叙梦可以在欲望最深处否定欲望,这种釜底抽薪的路数,对于要求禁欲的宗教,或者要求稳定的政权,都是十分浅明有效的道德宣传方式。

叙梦被用来进行政治宣传和道德教化,是由梦不可控的本质而决定的。无论梦所反映的内容是绝对真实的无意识、离魂的体验或是神的意志,人们往往要被迫相信梦的真实性——对于梦而言,反驳其虚假是无法成功的,也是没有意义的。而人在做梦时实际处于一种不可控的混沌状态,梦的本质属性是高度的自然属性,叙梦的内容及其所蕴含的信息(无论真实或是伪造),都自动成为自然律法的一部分。如此，叙梦自然成为统治阶级宣传的有力工具。

二、中国古典文学中的叙梦现象

(一)中国古典文学中叙梦的产生

中国文化中叙梦所服务的内容大致有几次演变。原始部族时期叙梦服务于原始自然信仰，作为原始巫术的组成部分而存在。商代开始，由于商人尚鬼神、惧祖灵的传统，梦成为一种征象与信息，其服务对象由自然信仰向祖灵信仰转化。周代的叙梦在商代叙梦的基础上进一步发展，周天子设立占梦官制度，将叙梦的领域由私人占祭转向政治社会，叙梦的服务对象转变成政治与王权，以叙梦与释梦作为"正名"的手段。在贯穿周代的对于梦兆的滥用之后，叙梦在春秋战国时期随着权力的扩散，逐渐过渡向更多人群，从王权集中开始扩散到士大夫与普通民众，为政治、迷信、宗教信仰等更多的类目服务。此后，叙梦很快变成一种普遍的表达手段，在剩下的千余年时间中，服务的对象不断泛化，不再单独服务于某个领域、某个阶级，叙梦成为一种全民的工具，可以出现在任何需要它的地方。

最早成规模的对于梦的认识首源于商，商王认为梦本身即不祥，源于祖先灵魂作祟，因而商人对待梦"惕惕行举以贞之"，后世对于叙梦的重视很大程度上就源于这种谨慎的传统。但在此后，主流观点一般认为梦同魂魄与肉体在睡眠中的剥离有关。先民秉持着灵魂与肉体的二元论思想，将人分成两种极端状态：一种是魂魄与肉身合一状态，即属"生"的范畴；另一种是魂魄与肉身完全分离的状态，即我们所认为的"死"，完全离体之魂魄即为"鬼"。而在两种状态之间，人的魂魄偶尔会逸散出体外一部分，这就是所谓"离魂"，也是古人认为的梦之成因。王充在《论衡》中曾言："人之梦也，占者谓之魂行。"这是说以占卜为业的人将做梦叫作"魂行"。

如上所言,梦的本质即灵魂脱离人体进行的擅自活动,以及在这种活动中所取得的体验。在这种观念之下,梦获得了某种程度的实在性。这种相对来说的唯物观点将梦境的神秘性削弱了。不过此种观念并非将梦作为现实的投影来对待,恰恰相反,它加强了梦对于现实的干涉,将梦作为比现实更加实在的材料来对待。对于叙梦者而言,对叙梦实用性的重视要远远超过对其艺术性的重视。因而在某种程度上,叙梦是一种欺骗,或者说是一种手段。对此,本文将会多次提及。

在"离魂"观念的基础上建立的古典叙梦,其根本目的并不在于梦本身。叙梦不是为了深入理解梦境或对之成因进行解析,而是通过驯服处于不可知领域的梦,将之可知化、逻辑化、文本化,从而以梦来指涉现实,达成叙梦者的目的。叙梦者在现实考量的基础上对梦进行有目的的改动和虚构,扭曲了所叙梦的本质,叙梦实际成为一种基于现实立场的文学形式。这一叙梦传统在中国古代政治与社会生活中获取了特有的地位。中国古典文学的叙梦传统,依附强调天人感应的中国古典哲学一同向外扩散,对整个汉语言文化圈产生了巨大的影响,远播至日本、韩国、越南等汉语使用国,成为东亚各国普遍的文学现象与社会现象。

(二)中国古典文学中叙梦的分类

梦的内容各种各样,难以揣摩,更不可能对其进行明确的分类。但是古典文学的叙梦往往是因循常理的逻辑化的记梦,因而叙梦的叙述行为本身是可以分类的。对叙梦进行分类最重要的意义之一是记录典型梦(无论其真假),为以后同类型梦的释梦提供文书的依据。虽然不能做到泾渭分明,但是可以根据梦的表现形式,大抵将所叙之梦分为以下六类：

1."梦日"模式——感应式的梦

感应式叙梦是继续人之精神对外物的感知，是由此到彼的获得。在这一过程中，着重刻画的是人受梦中感应之物的影响。此类叙梦多出现在神话、史书、史诗、笔记等体裁中。其要点在于，人对于外物、他人、外神建立起冥冥之中的感应，进而由这种感应获得某种体验、变化或者信息。感应式叙梦有着多种类型，"梦日"是其中最为典型的模式之一。《拾遗记》卷一载：

> 帝喾之妃，邹屠氏之女也……女行不践地，常履风云，游于伊、洛。帝乃期焉，纳以为妃，妃常梦吞日，则生一子，凡经八梦，则生八子。

言帝喾之妃邹屠氏为神女，每次梦中梦见吞下太阳则诞王子。这例神话借助梦中的"吞日"行文，不但刻画了王妃身份的神异，也兼而体现了帝喾血脉传承的神性色彩。邹屠氏作为受体，通过梦的途径通神，被梦中的日之形象所影响到了，由此而产生了"梦日"的感应之梦。

2."黄帝求贤"之梦——象征性的梦

象征性的梦的基本立足点在于，人可以通过梦中的某种征象，对现实中与梦中征象相关联的事物进行判断和预测。在观测中，梦者是独立于观测对象的客观单位。尽管这种预测往往暧昧不明，带有迷信色彩且极度依赖解析，但在正确的解读下，象征性叙梦却能传达重要的信息。《帝王世纪》言：

> 黄帝梦大风吹天下之尘垢皆去,又梦人执千钧之弩驱羊万群。帝寤而叹曰:"风为号令,执政者也。垢去土,后在也。天下岂有姓风名后者哉?夫千钧之弩,异力也。驱羊数万群,能牧民为善者也。天下岂有姓力名牧者哉?"于是依二占以求之,得风后于海隅,登以为相。得力牧于大泽,进以为将。

在梦中黄帝是客观的单位,与梦中图景没有接触,也未受到实质性的影响。获取的信息并不能主动浮现,而要以释梦的手段来解释,需要将梦境进行翻译解码,是象征性梦的最大特点。

3."空桑"之梦——谕信式的梦

根据"离魂"说理论,梦者进入了一种灵魂与肉体的联系相对脆弱的状态,因而获得了以灵体状态观测神秘世界的可能性,有了接触纯粹人世以外世界的机会。在梦中,生人获得了接受灵体或神明信息的能力。此种谕信在先秦时期多是贵族接受的神谕或具有神性的祖先的谕信,后随着秦汉贵族政治衰落,一同下移至民间,与民俗迷信相掺杂。

谕信式的梦最初倾向于神人之间的交流。最早的谕信式梦出现于《吕氏春秋·本味》:

> 有侁氏女子采桑,得婴儿于空桑之中,献之其君。其君令烰人养之,察其所以然,曰:"其母居伊水之上,孕,梦有神告之曰:'臼出水而东走,毋顾。'明日,视臼出水,告其邻,东走十里而顾,其邑尽为水,身因化为空桑。故命之曰伊尹。"此伊尹生空桑之故也。

另外,谕信式叙梦可以以显圣的亚形态出现,未必需要有确定的言语记述。《后汉书·西域传》载,汉明帝夜梦金神,人谓是佛,因而明悟遣使者接引释教入汉。此梦是"佛"对明帝显圣以传达释教神异之谕信,但是全程一人一神并无任何对话或交流。由此可见,谕信式叙梦的核心是个体与个体之间信息的传递,而非交流。

4.那烂陀寺之灾——预知性的梦

预知梦经常掺杂在其他的梦之中,纯粹直观的预知性梦较为少见。例如玄奘法师被叙于《大慈恩寺三藏法师传》的一则梦中:

> 于夜中忽梦见那烂陀寺房院荒秽。并系水牛无复僧侣……火焚烧村邑都为灰烬。

言玄奘法师早在那烂陀寺被烧十年即梦到那烂陀寺衰败成废墟的样子,喻示了那烂陀寺之衰。预知性的梦与象征性的梦不同,更多的情况下不借助暧昧的暗示,而是直观地对未来的推演。但是征象和现实的差距似乎无法进行科学度量,预知梦成真的信度也十分可疑。加之单纯的预知梦由于过于贴合实际情况,缺乏与现实之间的缓冲,不符合中国人委婉曲折的表达习惯,叙梦的宣传效力很难令人信服,导致预知梦需要长期借助其他叙梦手段,极难向纯粹的预知梦方向发展。

5."黄粱梦"模式——拟真性的梦

拟真性的梦最早要追溯到庄子的"蝴蝶之梦",之后也有楚王巫山神女之梦、唐明皇游广寒宫制曲之梦等例。如白居易《读禅经》所言:"梦中说梦两重虚。"拟真性的梦强调的是梦与真的重合,真实世界与梦想世界界限的消弭。梦者暂时扮演异化的角色,依托梦境体验拟真的人生或经验,获取本不应有经历。拟真性的梦最经典的一个例子,也是中国叙梦文学的最高成就——《枕中记》所描写的"黄粱一梦"。

拟真性的梦与其他梦类型最大的区别在于,它与现实的联系并非是由思维揣度而生成,而是更为直接地对现实和梦境进行混淆。在《枕中记》里,此点体现在入梦描写的消失和对梦状态的刻意回避。卢生入梦时只是写到"乃举身而入,遂至其家",而并没有明确写出卢生入睡或入梦,自此开始直至卢生薨,方有"卢生欠伸而悟,见其身方偃于邸舍,吕翁坐其傍,主人蒸黍未熟,触类如故"之描写,读者至此方知卢生所历是梦。拟真梦是叙梦最厚重的形式,它不仅是含有高度故事性的文学表达,而且试图再进一步,进行哲学层面的虚实观的辨析与思考。为达成这个目的,边界必须消失。而这意味着,拟真梦真正使人感觉到了梦境与现实界限消失的恐怖,诱发了梦者与读者对现实世界本质性的恐慌和质疑,是最接近现代性的一类叙梦。

6."晋侯梦大厉"——复合型的梦

复合型叙梦是指叙梦时在叙梦模式和梦本身上进行复数组合。单一的叙梦模式可以适应史书、神话等简单叙梦的需要,但是当遇到更为复杂的情况时,典型叙梦类型除单独作用之外,也可通过组合链接的形式实现叙述目的。《左传·成公十年》载有奇妙的三梦:

①鲁成公八年,晋杀其大夫赵同、赵括。晋侯梦大厉,被发及地,搏膺而踊,曰:"杀余孙,不义。余得请于帝矣!"坏大门及寝门而入。公惧,入于室。又坏户。公觉,召桑田巫。巫言如梦。公曰:"何如?"曰:"不食新矣。"

②公疾病，求医于秦。秦伯使医缓为之。未至，公梦疾为二竖子，曰："彼，良医也。惧伤我，焉逃之？"其一曰："居肓之上，膏之下，若我何？"医至，曰："疾不可为也。在肓之上，膏之下，攻之不可，达之不及，药不至焉，不可为也。"公曰："良医也。"厚为之礼而归之。

③六月丙午，晋侯欲麦，使甸人献麦，馈人为之。召桑田巫，示而杀之。将食，张，如厕，陷而卒。小臣有晨梦负公以登天，及日中，负晋侯出诸厕，遂以为殉。

第①梦，讲成公八年时晋侯杀戮赵氏宗族，梦其先祖化鬼威胁，破坏门户。此梦所叙为谕信式之梦。第②次梦为晋侯梦二病化人对话，是晋侯对于疾病的感应，但是疾病的拟人又使得此梦带有了象征性梦的特征。在第③梦中，梦者变为小臣，小臣梦自己负晋侯登天，实际预知了自己背负晋侯出厕之行为，是一重预知之梦。此三梦形式混合难以分辨，占有了四种叙梦类型，并且四种类型的三个梦相辅相成，构建了一套结构完整、情节曲折、逻辑流畅的晋侯遭报应故事。可见在叙梦中使用复合型的叙梦，比使用单一叙梦模式更加鲜活，也更有利于叙梦的立体层次构建。复合型叙梦在自觉不自觉间，成为最常被使用的叙梦模式。

三、古典文学中叙梦在日本的流变

（一）文学观念的去中国化

大化革新前后，日本借助中国的国力辐射迅速进步到封建国家。汉文化由此在各方面渗透进日本文化的深处，叙梦也作为古典文学的一个组成部分传入日本。彼时日本尚遵奉神道教，持有自然信仰的泛灵多神体系,强调人与自然(神)的感应,以神官、巫女为代表的宗教人员对梦感、梦应等颇为看重。中国古典叙梦的传入,正与古代日本的神秘主义传统一拍即合,促进了日本本土叙梦的成形与确立。

在《古事记》成书的年代,日本文学中的叙梦已经开始承袭汉文化,其最传统的功效首先被日本所接纳:即通过神异表现神谕或命数,借以巩固政治权力的作用。日本最早的文学作品《古事记》中所载,最早有记录的梦在神武天皇时期。神倭依波扎毗古命(神武天皇)在被凶神迷惑而昏迷时,有熊野之高仓下来献刀解困。问其缘由,高仓下回答说,自己梦见天照大御神与高木神派遣建御雷神下界。实际上,神武天皇此次困境并非只有神助可解,高仓下的献刀也难说是必要的。这个叙梦的关键在于,作为非统治阶级的高仓下在梦中梦见了作为主神之一的天照大御神,而天照与高木神的对话中肯定了神武天皇的神子血脉,相当于主神以谕信梦的形式为天皇的政权正统性背书。与其说是献刀,倒不如说是献梦。这与中国以祥瑞之梦为天生地位身份之表现的传统是相吻合的。

但是随着盛极一时的唐王朝国运中落,日本受汉文化的影响力逐渐衰减。遵循中华文化传统的叙梦渐渐失去了在日本立足的根基。镰仓时代后期,禅宗东传至日本。不同于在中国,禅宗于此一举成为当时具有压倒性影响的大宗。其对个人"禅"境的追求、讲究公案的传统和玄学倾向与本土神道文化原始神秘主义、"万物存神"的传统渐渐融合,使日本文化的神秘色彩愈发浓郁蓬勃。梦与传说即这种神秘主义最好的寄身之处——且这两者在很多情况下是纠缠在一起的——日本的审美观念和文学观念开始本土化,而日本文学的叙梦观念也开始在自我发掘中逐渐去中国化。

日本开始形成的本土文学观没有一个稳定而统一的体系,其更接近一个非自觉性的松散理论系统。由几个相互之间有所联系而又不在统一理论框架之中的重要概念构成。其中,"幽玄"指人着眼平凡的自身与物态产生恬淡、隐秘的自然感动,其概念则由纪贯之于平安朝初期的《古今和歌集》中提出;"空寂"基本相伴而生,指对于贫幽的趣味和感悟;讲求个体与他物共情的"物哀",虽远到江户时代才为本居宜长于《源氏物语玉の小栉》中所提出。但是作为本居著述原典的《源氏物语》是在大约1001—1008年的平安时代所成,且"物哀"理念同样源于《万叶集》时期。"无常"这样含有荒诞意味与不可知论色彩的观念应该早已存在,但是随着禅宗的传入才开始逐渐扩展其影响。"侘寂"则到千利休时期才形成雏形,是对于不完美的自然状态的追求。以上概念共同强调的是生活的玄学化与自然主义追求,随着日本和文化文学观念迟到的成形,汉文化为叙梦带上的枷锁渐渐松动。而作为真实与虚幻边界的梦,便在这种思潮中悄然转变,逐渐从叙梦者利用逻辑与想象精心写就的故事,演化成生活中对不可解释的神秘玄想的忠实记录。

(二)文本的翻案与重置

在汉学东渐的过程中,有为数不少的中国文学作品和民间故事一并进入日本。以其中一些典型故事模式为蓝本,日本的文学创作者翻案了大量中国经典作品,并对故事结构与内容进行本土化的再创作。

列维·斯特劳斯认为,每一个具体神话的各自单独的叙述,即神话言语,都是从神话语言的基本结构中脱胎而出并从属于这个基本结构的。这也是结构主义叙事学的基本观点。翻案小说即在不损害基本结构的前提下破坏原始文本,并在此基础上进行本土化重构。在中日叙梦文学的比较中,对于翻案小说和蓝本互文性的研究,可以非常好地展示中国古典文学中叙梦现象在日本产生的流变。

较为知名的以叙梦为主题的翻案小说有两篇,皆是拟真性的叙梦小说,分别是"化鱼神游"和"梦中富贵"两种叙梦蓝本。第一种模式的基本构造为,主人公病而不愈,病中穿上鱼服化鱼,经历作为鱼的一生,继而回归人体,疾病痊愈。第二种则是主人公于树下睡眠,感应而到蚁国,经历荣华富贵而醒,后掘开蚁穴。

在"化鱼神游"的叙梦模式中,翻案小说《雨月物语·梦应鲤鱼》是由作为蓝本的《醒世恒言·薛录事鱼服证仙》翻案而来。二者的不同在于以下几方面:

第一,从文本主人公身份及动机出发进行分析,两则故事发生的根本原因不同。薛伟是谪仙历世,其变鱼是经历劫数。而兴义则是与鱼结缘,因德行接受果报。薛伟鱼服是成仙的必然前提,其得在于成仙;而兴义的鱼服即他所造功德换得的好处。薛伟为道教谪仙转世,兴义则是一个不折不扣的和尚。此处体现的是两国主流宗教的区分以及神学体系的不同。第二,在叙述顺序上,《梦应鲤鱼》将蓝本的叙述顺序做出了调整,使兴义开始便醒来,由他讲述昏迷时的故事。将故事时间与叙述时间切割开来,更好地营造一种恍如隔世的隔离感,同时以"找回失去的时间线"这种经典日系推理手法,营造一种日本式的神秘感,以增强文本的张力,而非沿用中国纪传式的传奇叙述手法。第三,在文本篇幅与构成上,《梦应鲤鱼》大幅删减了《薛录事鱼服证仙》中的不必要因素,将民俗、谶纬、市井人物等描写统统删去,甚至删除了"证仙"本身,以此来保证故事的简洁干净。这体现了日本幽寂的美学观念,同时也可以看出相对于旁逸斜出、包揽万象的中国小说，日式短篇小说具有完全不同的简洁凝练、干脆利落的特点。

另一个文本"梦中富贵"则是近代小泉八云仿照唐陈翰的《槐宫记》翻案而成的再话小说，名为"安艺之助梦游记"。由于小泉八云的外国人血统，其翻案小说很难说是完全正确地体现了日本文化对叙梦影响的精髓，因而不在此进行详细解说。但是有一点值得注意的是，在小泉八云的《安艺之助梦游记》中，主人公安艺之助并没有像淳于棼一样看破虚妄的表现，而只是表现出带着趣味性的惊奇。这也体现出了日本文化较为轻盈浅薄的逐美特征，是与中国文化庄重的思辨特征相区别开来的。

在整体系统结构一致的前提下，由于国家具体情况不同，日本古典文学中对于中国叙梦小说的翻案文本出现了各单元的众多差异，这是可以预见的。日本的哲学强调自我、简单、自然，因而日本古典叙梦在叙述风格上比中国更加朴素，叙述技巧更加精巧。与此同时，上述两个叙梦文本都崇尚精练干净、短小精悍，不喜赘述，详略分配得当，以叙梦本身为内容而不求囊括万物。这与中国笔记体小说的漫谈迥异，而与梦本质的独立相契合。这种贴近梦之本质的叙梦传统也为近代日本叙梦文学更早的现代化奠定了基础。

四、近代中日文学中叙梦的发展

(一)对梦的"使用"与"描述"

中日文学历史悠久的叙梦传统在近代化的过程中发生了巨大的转变。古典的工具化叙梦在19世纪以后逐渐开始摆脱自身的逻辑化、功利化，开始向梦的本质形态——无意识与荒诞发展。这一变化的时间脉络与现代主义、荒诞哲学的兴起相仿，是科学革命和世界大战后人类社会自我反思的一种表现。

在近现代的中国文学中,因为古典叙梦传统的根深蒂固,更由于特殊的社会历史环境,叙梦并没能突破古典文学的叙梦模式而有所发展。随着科学教育启蒙民智,叙梦的确不再将政治、道德、神异、编织情节作为最主要的功能,但叙梦也并没有能进一步发展成为更接近现代文学和叙梦本质的表达手段或者叙述对象,而是停滞于古典叙梦模式中,作为一种文学素材、文学手段而存在。从晚清到新中国,中国经历了悠长的痛苦岁月,浪漫虚幻的叙梦艺术是不符合救亡务实的中国文学的时代精神的。鲁迅曾有一篇杂文《听说梦》,开篇即言:"做梦,是自由的,说梦,就不自由。做梦,是做真梦的,说梦,就难免说谎。"表达了对叙梦虚构性的批判。这一时期的文学,或多或少都沾染了政治性和家国情怀,而这种沉重的文学工具化传统一直延续到了新中国成立之后。由于科学启蒙的时兴、马克思唯物主义思想务实观念以及心理学的边缘学科地位,人们更重视思想本身,而不是思想深处的原因和内涵,梦境依旧不被重视。就算到了当代,叙梦也未能脱出古典叙梦的窠臼。举例而言,莫言《梦境与杂种》含有大量叙梦成分,似乎以梦为一部分主题,然则故事中的叙梦只是一种标本式的道具,梦的荒诞性来自梦与现实在时间上的错位,梦的作用依然是推进情节,只是在语体和情节处理上做出了似是而非的改变,其内部构成还是与古典叙梦相吻合的。中国文学的叙梦仍旧秉持"使用"梦的传统,即叙梦要严密服务于叙事。

但是日本文学却在叙梦的近代化探索中走出了一条独特的道路。一方面,中国广袤、丰饶、安定,有着高度发达的农业和稳固的政权,因而以叙梦作为宣传表达的工具,以达到掌控舆论与天命的目的,叙梦因此掺杂了太多非文学要素,为了实用性逐渐逻辑化、故事化,最终远离"梦"而贴近"叙"。日本虽然也以叙梦为工具,但是叙梦传统与中国相比并不算悠久,政权的不稳定也使得叙梦的工具化程度低于中国。此外,由于生产力较为落后,政治长期动荡且自然灾害频发,其人民便将对不确定生活的恐惧和对美好事物的希冀寄托于梦,远离生活的"梦"本身比世俗化的梦的"叙述"更令人感到亲近。在民俗上,日本佛教曾长期是日本的绝对主导宗教,佛教梦幻观对日本叙梦影响尤为深远。同时,佛教的介入并没有动摇日本文化的神道本质,而是以"本地垂迹"的形式与之融合,神道教精灵崇拜也继续在作为国家主体的乡村茁壮存续下去,并且得以借助佛教的兴旺愈发完备丰满。在这种民俗文化背景下,日本文化对于叙梦的亲和度要远比遵奉儒家世俗教条的中国高,因而尽管原始框架相同,但是日本比中国更具叙梦现代化的优势。

另一方面,日本在战争的狂热与现实的困窘之中发现外部世界是如此令人沮丧,于是大多数作家转而向内,向细处寻找美(或者丑恶),这种美学的嬗变使得叙梦文学逐渐向一个新的阶段发展。日本作家开始放弃单纯将梦作为道具使用的想法,转而开始描绘梦本身。对于此种转变,做得最早也是最彻底的作品是夏目漱石的叙梦散文集《十夜之梦》。《十夜之梦》中所记载的十个梦是完全的对于梦的叙述,反逻辑且荒诞,极大程度上展现了梦的原始状态。此后,后起之秀三岛由纪夫的《丰饶之海》四部曲更是将叙梦使用得炉火纯青。三岛作品中的叙梦并非不服务于剧情,只是三岛的叙梦在服务剧情的同时也保持了梦作为梦而言的独立性与费解。在《丰饶之海》中,主人公松枝清显瑰丽而邪艳的梦境被记录到梦日记中。这些梦与故事有着千丝万缕的联系,却又似乎与现实完全抵触。在近代日本文学中,梦不再是干瘪的工具,而是得到了充分描述与关注的活体,成为被观测的现象与精灵,而这是务实的中国文学很难达到的。

(二)荒诞感、焦虑与异化

存在主义哲学认为,人类认知的发展导致了人类存在的困惑,因而引发了存在的荒诞感。在相当长的时间内,人类单纯生产力的发展远远超过对世界认知力的进步。古人在相对稳定的环境中生活,遵循长久不变的世界观、生活方式,凭借长期向好的生产资料而活。对于他们来说,时间的长河仿佛停滞,世界亦犹如凝固。在这种环境下,我们可以看出,古人的叙梦是相对普通的,大都是生活体验的再现,甚至还有相当的逻辑性。偶然出现的带有梦本质荒诞的梦,反而会造成梦者的困惑或被斥为妖梦。在这种环境下,梦失去了应有的诡谲和活力,沦为被"使用"的工具。从原始社会对占梦的恐惧到以梦为工具,实际体现了人类在已知环境下对生存环境的不断掌握带来的自信。在这种自信下,一切被了解的都要被使用,梦境也是人类认为自己已然征服的对象之一。古典叙梦的工具化就是在这种自信与安守现状条件下发生的。

但是人类对于事物的认知总有一天会超出自身生产力的发展。直到20世纪,伟大的海德格尔向世界宣告了一个矛盾但朴实的真理:正是人们最容易理解的东西,消解了所有理解的可能性。后工业革命时期以来,人类社会生产力急速提升,科学领域却是以爆炸性的进展赶超了生产力。人类认知到的世界更加宽广深邃了,却无法以现有的生产力进行控制。这种前所未有的境遇使得我们第一次如此透彻地了解了自身、社会与万物。我们所观测到的不再如我们所见,我们所熟悉的不再被我们了解。不可动摇的规律与原理被建立起来,然后被推翻。在不间断的确信与推翻之中,人类的理性动摇了,荒诞成为一切的真理。人的眼睛开始转向不可知论与荒诞主义,开始再一次关注我们祖先所信奉的一切:宇宙、超自然、灵魂与梦境。

如果将当代叙梦的新变化进行归因,那么叙梦的变化其实来源于梦本身的变化,而梦的变化又依托于梦的主体——人。当代有序的社会生活以人人压抑意识、约束行为来适应社会契约为前提,且此种压抑并不能保证人们获得足够的幸福感和成就。因此,在现实生活中饱受压抑与挫折的人们只能在无意识中见到自己久久不能自由的原始欲望。而这种原始欲望在压抑中扭曲,导致荒诞感和焦虑的不断出现,也造成了人的异化。

一切现代主义对于传统的消解都是面对人的异化而生。由于与无意识之间存在千丝万缕的联系,梦境的异化成为人类异化最重要的表现形式之一。生活在这种一切高速发展、新事物不断涌现的不稳定的世界里,人的梦境将会变得愈发混沌、瑰怪而不可理解,梦的逻辑只会愈发被抽离出去。因此,叙梦从"使用"梦走向"描述"梦,也就是理所当然了。

综合上述讨论,中日古典叙梦文学有着相同的历史传统,共同遵循实用主义和现实功效,但是在传播中,日本的古典叙梦出现了对中国叙梦的变容和重构,因而中日叙梦文学的差异早已有之,并在叙梦文学的发展中愈发明显。这也导致了中日现代叙梦文学的现代化不均衡。但是归根结底,"东海西海,心理攸同"。中国和日本都属于汉文化圈影响下的文明,中日叙梦文学所共有的社会性色彩,有着东方哲学体系的独特性。针对中日古典叙梦进行研究,在东方的叙梦传统下对当代叙梦进行反思,对于发掘东方文化的历史价值是非常重要的。深入挖掘古典文学的叙梦传统,在本土文艺观念中摸索并建立符合东方传统的叙梦理论体系,有助于摆脱西方梦理论的影响,建立一套以汉文化为基质的真正原生的叙梦理论,为汉文化的重新发现补充新的理论内容。

参考文献:

[1]张瑾.受容与变容:小泉八云的再话文学与其中国本源——以《安艺之介梦游记》与《槐宫记》的比较研究为例[J].东北亚外语研究,2013(2).

[2]蔡春华.中日文学中的蛇形象[M].上海:上海三联书店,2004.

[3][法]莫兰.读梦[M].许丹,张香筠译.北京:商务印书馆,2015.

[4]肖徐彧.博尔赫斯与中国[M].北京:中国社会科学出版社,2017.

[5]杨健民.中国古代梦文化史[M].北京:社会科学文献出版社,2015.

[6]熊哲宏.弗洛伊德心理学入门[M].北京:中国法制出版社,2016.

论《潮骚》中三岛由纪夫的美学式方程

刘荣

西南大学文学院

摘要：作为战后派文学代表人物的三岛由纪夫，面对复杂的日本现实，其意识深层出现多重荫翳与两者对立的情感，由此产生出生、活力与健康，死、颓废和腐败两种创作观念。《潮骚》便是前者，它将希腊古典美与日本传统美结合在一起，创造出属于三岛由纪夫阳光、积极一面的美学方程。本文将通过探析该美学式方程的产生、其具体表现以及它的实质与命运来解读《潮骚》独特的美学意蕴。

关键词：《潮骚》；三岛由纪夫；美学方程

三岛由纪夫是日本战后派文学的一名大师，其作品多展现对自我心灵世界的挖掘与告白，对战后日本一面充满绝望，一面又构建自己的理想世界。《潮骚》是三岛笔下风格较为独立的作品，于1954年在新潮社发表并出版，呈现出他文学中明媚、健康的一面。该小说讲述了一对身份悬殊的渔岛恋人（男主人公是贫穷的青年渔民久保新治，女主人公是船主千金工田初江），经历种种磨难终成眷属的纯美爱情故事。该小说中,不论是对自然环境的描写,还是对人们健美的肉体、真挚淳朴的感情的刻画,都是生命、活力与健康的表现。然而这种美学意识萌芽于对希腊文化的吸收和对希腊精神的向往,是作者乌托邦式的理想世界的构筑,最终在面对社会现实时,呈现出它的脆弱性,折射出作者阴郁纠葛的精神世界。

一、美学式方程的产生:生命+青春=美

作为第二次世界反法西斯战争战败国的日本,战后很长一段时间都处于混乱、凋敝的状况,三岛由纪夫也受到世纪末思想的浸染,时常面临个人的危机感和精神上的孤独。为了摆脱这种状态,他企图以"离开日本,开阔自我,发现新自我"[1]这个方式来治愈和改造自己。因此1951年,他开始了欧美的海外之旅,并在1952年到达了他"改造肉体"的目的地希腊。希腊明朗的阳光与天空、湛蓝的大海、如雕塑般健美的男性肉体、古典精神,使他找到了自己古典主义的归宿,"发现了创作美的作品与自己也要成为美的人之间的同一伦理基准"[2]。同时希腊的体验,使他明白相比内在的精神性和感性来讲,更应该重视外在的肉体性,重视生、活力和健康。

回到日本后他评价这次的希腊之行是:"至少是希腊治愈了我的自我嫌恶和孤独,唤醒了尼采式的'对健康的意志'。"[3]带着这种明媚的心情,三岛由纪夫开始着手创造出一个"日本的希腊"来。这还是川端康成给予他的启发,他盛赞其在《抒情歌》里"最先开始把日本的自然美和爱作为契机,奠定了白昼的幻想,换言之,奠定了真

---

[1] 唐月梅:《三岛由纪夫传》,新世界出版社,2003,第71页。
[2] 唐月梅:《三岛由纪夫传》,新世界出版社,2003,第73页。
[3] 唐月梅:《三岛由纪夫传》,新世界出版社,2003,第75页。

正意义上的'东洋的希腊',并唤起了我们的萌动"①。因此他效仿川端,联想到日本古典主义里的"幽玄""物哀"的审美情致与希腊古典主义里的明净、肃穆之美,将日本古朴的传统和希腊牧歌式的生机结合在一起,以古希腊朗戈斯的田园传奇爱情小说《达夫尼斯与赫洛亚》为蓝本,创作出展示生命、青春的日式爱情小说。《潮骚》便是呈现这种"生命+青春=美"美学式方程的最好文本,展示出"对男性的生、青春与肉体的憧憬"②,通过语言将其延伸、提升并艺术化。

二、美学式方程的具体表现

(一)自然之美

《潮骚》的故事发生在一个"人口一千四百、方圆不到四公里"的独立小岛——歌岛上。由于该故事是三岛的"希腊式幻想",试图将希腊田园牧歌情调完全移植到日本,又要结合日本渔业社会的传统,因此在日本水产厅工作人员的推荐下,最终选定了坐落在伊势海湾的神岛作为小说故事的背景环境。犹如沈从文笔下的"边城"一样,歌岛作为一个"与文明隔绝""充满朴素人情味儿的美丽小岛",大海这个意象也是该故事里书写最多的:春天白浪悠悠,夏天海女们潜水到海底采集,秋天海面黑沉沉的,冬天海风凛冽……这个小岛四面环海,大海既是属于自然的景物,也是作家意在"将人物的生活、劳动、思想、感情镶嵌在大海的自然画框里,以大海寄情抒意"③的表现手法。例如写新治初见到初江时,没有过多刻画其容貌衣着,而是"她的眼睛直勾勾地凝望着西边海面的上空""她独自一人面对大海看得入神的样子,与岛上的快活的妇女迥然不同",因为

---

① 魏策策:《三岛由纪夫的世界》,商务印书馆,2016,第41页。
② 唐月梅:《三岛由纪夫传》,新世界出版社,2003,第171页。
③ 唐月梅:《三岛由纪夫传》,新世界出版社,2003,第97页。

她眼里有大海,所以新治将她刻在了自己的心上。新治夜晚思念初江不能成眠,担心自己生病时,涌上一种不安情绪,但他"只要眼一望见海,他平日那种熟悉的劳动的活力就在全身沸腾起来,心情自然而然地平静下来"。甚至是两人的初吻、初次见到初江的胸乳、之后的约会场景,每一幕都伴随着阵阵汹涌的潮骚——海潮声。那巨大奔涌的潮流,与主人公新治内心沸腾的热血调和起来,跳动着生命与激情的脉搏。这种动与静的自然之美和人物情感之美的融合,将外在的风景与内在的情感结合,"使人物的情感处于一种特殊的自然状态以及特殊的精神状态下,显得更加丰满和富于色彩"①。

除此之外,处处体现着自然之美的大海有着海面波涛翻涌、内心却沉静肃穆的特点,恰好符合希腊精神:"希腊杰作的一般特点是一种高贵的单纯和一种静穆的伟大,既在姿态上,也在表情里。"大海作为主人公情感的容器和镜面,反映的是自然间震撼的美和人类的内在心灵世界。

(二)肉体之美

作为一个男性作家,按照一般读者的想象,作者在书写一个爱情故事时理应更多地描写女主人公的外貌、姿态和肉体,但从《潮骚》中我们看到了三岛对男主人公的偏爱与注重。文中开头便细腻地描写了男主人公新治健美的身体:"他身材魁梧,体格健壮,唯有脸上的稚气同他的年龄是相称的。他的黑得发亮的肌肤,一个具有这个岛的岛民特点的端庄鼻子,搭配着两片龟裂的嘴唇,再加上闪动的两只又黑又大的眼睛,这是以海为工作场所的人从海所获得的恩赐。"这正符合了三岛理想中的希腊雕刻般的肉体,具有健硕的男性的肉体美特征,体现其对健康意志的追求,是精神与肉体的统一。

---

① 唐月梅:《三岛由纪夫传》,新世界出版社,2003,第99页。

对于男性的关注,启发于他少年时期邂逅的《圣赛巴斯蒂昂殉教图》,他曾在《假面自白》中这样赞颂赛巴斯蒂昂:"这位美青年的裸体,极端地表现了年轻、健壮而光辉的肉体和异性的官能性","他代表着古代世界的美、青春、肉体和官能性"[①]。三岛关于倒错的爱与性的种子,于这个时期在他体内萌芽了,他潜意识里渴望拥有一个同样健美的身体,而新治即这种年轻、健壮而光辉的肉体美的心理投射的产物,是三岛理想中的肉体,是实现他美学理想的具体实践。《潮骚》紧紧抓住男性的生、活力和健康,即男性的肉体行动,以其独特的方式来表现男性肉体最真实、最激烈的东西。

文中除了描写健硕、魁梧的男性肉体之美,岛上的渔民们无不呈现健康、活力的生命状态。海女们像男人一样工作,不仅要操持家务,到了六七月间还要潜下海底进行采集。她们光裸着上半身,丝毫不羞怯于身体的暴露,还会骄傲她们被阳光晒得黝黑的乳房,因为这是对爱的饥渴和生活的辛劳留下的证据,给予女性生的力量。包括新治、初江在内的这些岛上的人们,一个个无不展现着生、活力和健康的一面,充满了动感与张力,充分洋溢着"生命+青春=美"的美学气息。

(三)情感之美

1.人情美。故事设置背景歌岛作为日本传统渔业乡村共同体,与世隔绝,"岛上没有一家弹子房,没有一家酒吧,甚至没有一个陪酒的女招待",是一个原始、淳朴、自然的小岛。因此这里的人们邻里友爱,互相信任帮扶。年轻人的愿望很简单,就是做好出海捕鱼的事业,回馈到家人和海岛。比如新治最朴素的幻想就是将来自己能拥有一艘机动帆船,同弟弟一起从事沿海运输业,让家里常年辛

[①] 唐月梅:《三岛由纪夫传》,新世界出版社,2003,第35页。

劳的母亲过上轻松的生活,后来再加上一个愿望也只是与恋人初江在一起,组成一个幸福的小家。长辈们的观念也像大海那般开阔明朗,不拘泥于旧俗传统。他们支持年轻人勇敢地追求自己的学业、事业与爱情,不论是想出海征服海洋,离开小岛去往繁华的大城市,冲破门第观念男女相恋,都欣然支持。例如灯塔长的女儿千代子在母亲的鼓励下一个人独自去京都学习;千代子久久沉浸在以为是自己引发流言蜚语而不能使一对相恋之人在一起的愧疚自责中;船长照吉在领略到新治男子的气概与气力后终于对他改观,放弃门第观念允许女儿初江和他在一起……

2.爱情美。新治和初江两人的爱情是小说的主线,一个是普通的渔民,一个却是船长的千金,两人身份地位相差较大,但双方还是凭借充满活力与青春的气质互相吸引而走到一起。尽管两人的爱情命运似乎是作者有意而为,显露出戏剧般的刻意与巧妙,但两人的爱情是纯粹的,是一段青春美好的爱情。没有模仿的对象和爱情经验,全靠本能的两人,初次夜晚幽会,互相赤裸相待、紧紧相拥亲吻时是干净纯粹的。作者有意从爱意和肉感中抽离人物的猥琐意识和行为,只描写被青春活力的身体所吸引的澄澈心情、陷入爱河中被爱包围着的幸福感,以及两人最终因为对道德观念怀着虔诚信仰而守住性的最后防线没有越界的坚持。这种写法不仅停留于内在的心情变化,更着力于对外在的肉体性的美的表现。

文中有只蝴蝶翩翩高飞,即使迎着强劲的海风还是想要靠自己的力量远离海岛,飞向大海。这种精神正是《潮骚》中的人们所富有的,对待爱情、理想与生活的大海,即使前方艰难,也要凭借着一颗真挚的心去拼搏,去争取。他们用最真实乐观的情感生活着,感染着村邻,也养育着后代,符合古希腊文艺中的享受生、崇拜生和赞美生。

三、美学式方程的实质与命运

"希腊之旅"是三岛的一次疗伤之旅,使他发现了生机勃勃、活力与健康的希腊美,给《潮骚》注入了清新明媚的气息。但是《潮骚》表面洋溢着明朗而欢快的基调,实际上却是作者乌托邦式的理想世界的建立,在面对复杂衰颓的日本现实时,终会露出暗淡的色彩。

歌岛在现实的观照是一个实际存在的神岛,因此读者在阅读《潮骚》文本中详细的环境描写时自然会带入真实的环境情感。而另一方面,与之相比的现实却并非如此,这将带给读者甚至是作者本人强烈的落差感。理想世界越美好,现实世界越惨淡,心理上就会产生越大的悲观和绝望。三岛被现实困扰着,即使他所构筑的至善至美的理想世界存在,那也存在于战后日本社会现实之外。心灵上纠结矛盾的痛苦,随着年岁的增加,希腊精神已经不再能拯救他,他将关于美的思考又投射到另一种"美"——丑上。"生命欠然及其连带的邪恶、纵情、浑浊都得到肯定……丑就是美,即便兽性和邪恶也会在迷人的审美中发出诱人的光芒。"因此不久后的1956年,三岛书写并出版了《金阁寺》,肯定了现实的邪恶性。金阁寺象征着一种美,不论是夏日里满含莹光的晨露般清新的美,还是云团挟雪带电但周围通体金辉般的闪耀美,抑或是在暗夜里航行的魅惑美,这种美,是每一个人心中对美的象征,象征着战败前日本的绝对价值和辉煌。然而这种美,随着沟口心境的变化,随着三岛的人生体验,随着整个日本社会的命运走向,最终在作者心中被毁灭了。《金阁寺》的末尾引述《临济录·示众》写道:"遇佛杀佛,逢祖杀祖,逢罗汉杀罗汉,逢父母杀父母,逢亲眷杀亲眷,始得解脱。不拘于物,透脱自在。"美的毁灭,即美的永生,万物因美而生,必因美而死。

对于拥有完美型人格的三岛来说,对于美有着极致的追求,可是"完美主义是一把双刃剑。完美主义使人不断向上,但当这种对完美的追求遭遇困难时,完美主义者会产生强烈的病态心理。此时,完美主义者若不能适时舍弃追求完美的心态,这种不完美的计划之外的现实状况便会使完美主义者陷入远超于非完美主义者的焦虑感中。不完美的现实已成定局,无论完美主义者如何努力都无济于事,这种努力追求完美的信念只会让完美主义者陷入痛苦的境地"。一面是《潮骚》乌托邦式的理想世界,一面是战后的日本,这种内心的虚无与绝望,在构建自己的理想世界时也隐藏着深层的丑陋、死亡。理想只是一种观念性的存在,现实中的追寻注定是无味的徒劳。

如果说毁灭金阁寺是沟口对现实失望的报复,那么对三岛来说,在现实和理想失衡的状态之下,选择在文学里栖居,是通过刻画美的毁灭来宣泄绝望颓败感。而通过描摹一种即使难以实现的生、活力、健康的美好世界,目的则是求得内心的平静。《潮骚》中"生命+青春=美"的美学式方程的构建,将自然美、肉体美、情感美结合在一起,讴歌生命,将"享受生、崇拜生和赞美生的基调进行调和性实践"[1],展现了三岛丰富多面的美学思想,体现了三岛的自我拯救与对现实的逃离和反抗。即便最终以失败结束,也向读者展示出他在绝望中追逐美好爱情、追逐乌托邦的理想世界,从腐臭中追索清新的空气,以求达到对现实的鞭挞、对抗的努力和勇气。

---

[1] 魏策策:《三岛由纪夫的世界》,商务印书馆,2016,第72页。

后记
POSTSCRIPT

  创意写作、走近经典、舞文弄墨,这些无疑是文学院的莘莘学子的看家本领之一。为给创新实验班的同学们提供展示自己的窗口,我们策划了本文集的出版。

  经过一段时间的征稿、收稿、初编,这部学生文集终于可以交给出版社了。这也是西南大学文学院创新实验班交给学院、交给社会的一份集体作业。

  创新实验班从遴选学生正式建班到现在,运行已近两年,各个方面都取得了较为理想的成绩。这首先得感谢班主任刘志华老师的辛勤付出。刘志华老师还直接参与了本文集的文稿选编工作。

  文学院本科生陈宇来同学花费了大量的时间和精力初步整理了本文集。谨此鸣谢。

  本文集无论是策划、选编,还是文稿自身,都肯定会存在这样或那样的不足,敬请读者海涵并批评指正。

王本朝 张春泉

2020年7月21日